「だめだ。きりがない」
名残惜しいのを我慢して、遥は濡れた唇を離すと
佳人の肩を押して身を引き剥がす。
（本文より）

BBN
B●BOY NOVELS

夜天の情事

遠野春日
イラスト／円陣闇丸

この物語はフィクションであり、実際の人物・団体・事件等とは、いっさい関係ありません。

CONTENTS

初春の鼓動

遥《はるか》が社長を務める黒澤《くろさわ》運送には、会社としての年末年始の休業はない。社員はおのおのローテーションを組んで、交代で休むことになっている。数年前までは三箇日はきっちり正月休みとして営業停止していたのだが、昨今の流通業界は元旦でも荷物の配送を行う風潮にあるので、厳しい競争社会を生き抜くためには変わらざるを得なかった。

本来ならば遥も、社員たちが働いている以上、自分ものんびり家で寛《くつろ》ぐようなことはしないのだが、今回ばかりは事情が違っていた。その前にいろいろありすぎていて、「お願いだから休んでください」と、専務を始め主な社員たちからこぞって懇願に等しい口調で言われたのだ。

遥自身、秋の一件で相当辛い気持ちを味わわせたはずの佳人《よしと》のことを考えると、ここは変な意地や見栄を張っている場合ではないと思った。会社は大事だが、今の遥にはそれよりもっと大切にしなければならないものがある。仕方のない事情があったからとはいえ、あれだけの仕打ちをしておいて、佳人がなお自分を諦めずにいてくれたのは、奇跡にも等しい。遥はときどきぞっとする。よく佳人に見捨てられなかったものだ。間に合ってよかったと心の底から思う。

もう一度佳人とやり直せることになった幸運を逃すつもりは毛頭ない。

遥は皆の気遣いに感謝し、甘えることにした。大晦日《おおみそか》まで働いて、元旦から三日までを佳人と一緒に休むと決めた。

三箇日を休むのは久しぶりだ。

佳人と会う前の遥は、それこそ仕事だけが張り合いの日々を送っていた。休む、などという考えは頭に浮かばなかったのだ。休んだところで何をする当てもない。一人で広すぎる屋敷にいても虚《むな》しいだけだ。それくらいなら、いっそ働いているほうが気が紛れる。

遥には、忘れたくても簡単には忘れようのない、重すぎる過去がある。忙しくさえしていれば、それらを頭に浮かばせる余裕もなくなるが、することもなく一人でいると、どうしても思い出し、考えずにはいられない。過去を振り返ると、遥は必ず怨讐《おんしゅう》の念に囚われ、猛烈な自己嫌悪に陥《おちい》るはめになる。遥は心の片隅でそうなることを恐れているのだ。それから逃げるために、がむしゃらに働いてきたというのも事実だった。

たぶん自分は一生このままで、もう誰も愛さずに生きていくのだろうと思っていた。それがある日、たった一人の男と出会ったことで、あっさり覆《くつがえ》ったのだ。

おそらく佳人は、遥にとって最後の恋人になるだろう。様々なことを経て、いまだに切れていない絆の強さを思うたび、遥はそれを確信させられる。

一見すると佳人は、はっとするほどの美貌をした、物静かでおとなしい従順そうな男だが、実のところ遥の想像以上に芯が強く、強情だ。そして何より辛抱強さに驚く。そう言うと佳人は、「諦めが悪いだけです」と答えて恥ずかしげに俯《うつむ》くが、おかげで遥は何度救われたかしれない。普通の人間ならとうに愛想を尽かし、遥の許から去っていただろうに、佳人はずっと堪《た》えて傍《そば》に居続けてくれている。

一緒に居始めてまだ丸二年にも満たないが、すでに遥は佳人をさんざん傷つけ、苦しめ抜いてきた。

いつまでも、不器用で無愛想、そっけないのが本来の性格だ、などと開き直っているばかりではまずい。その自覚は遥にもあった。

急に何もかも変えてしまうのは無理でも、少しずつならできるかもしれない。いや、できるできないの問題ではなく、遥はそうなるように努力すべき時にきていた。

「それじゃ、社長。よいお年を」

大晦日、いつもより少し早めの午後四時過ぎに仕事を切り上げた遥を、専務と一緒に事故係の柳《やなぎ》が見送る。

佳人を自分の息子も同然に可愛がっている柳は、遥の後ろをついてきていた佳人にも、何事か耳打ちしていた。

「は、はい。いや、でもおれは……」

戸惑ってはにかむ佳人の様子からして、遥とのことで何か気恥ずかしくなるような発言をされたらしい。またよけいなお節介を焼いてくれているな、と思いつつも、柳には遥も今ひとつ頭の上がらないところがあって、苦笑いするしかない。二人の関係を知る柳は、いつまで経《た》ってもどこかぎこちない遥と佳人を見るたびに、焦《じ》れったくてたまらなくなるようなのだ。

事務所の裏手にある駐車場に出ると、すでに運転手の中村《なかむら》が社用車を横付けして待機していた。

「どうぞ、社長」

中村が後部座席のドアを開く。

身を潜《くぐ》らせて奥に乗りながら、遥は「おまえも後ろに乗れ」と佳人に声をかけた。

「……はい」

たまにあることなので、佳人は躊躇《ためら》うことなく素直に遥の横に座ってきた。

「真っ直ぐ自宅に向かわれますか？」

「ああ」

まだ秘書然とした態度を取る佳人に聞かれ、遥はいつものとおり仏頂面《ぶっちょうづら》で短く答える。頭の中では、もう少し愛想よくできないのか、と自分で自分に呆《あき》れているのだが、いざとなるとどうしても思っているとおりに運べない。とことん不器用なのだ。

走り出した車の窓に目を向け、通り過ぎていく街並みを見るともなしに眺めつつ、遥は先ほどのそっけなさを取り繕うように佳人に話しかける。

「今年も終わるな」

「はい」

佳人も決してよく喋《しゃべ》るほうではない。ことに遥に対しては、よほど気持ちが昂《たかぶ》ったときなどでない限り、控えめで遠慮がちに接してくる。そうさせているのは、遥が最初の頃取った冷淡な態度のせいかもしれない。

「またいろいろあったな」

振り返れば感慨深い気持ちが込み上げる。

「いろいろ、ありすぎました……」

多くを語らなくても、佳人の返事には遥の胸に迫る響きがあった。

遥は体ごと佳人に向き直ると、三十センチほども開いていた互いの距離を縮めるため、佳人の腕を取って自分の方に引き寄せた。

「し、……いえ、遥さん」

社長と言いかけた佳人だが、すぐに遥がそれを望んでいないことを察して呼び直す。ちらりと運転席に視線を走らせ、職務に忠実な中村が真っ直ぐ前を向いて運転に専念しているのを確かめると、強張らせかけていた体から緊張を解く。

膝と膝がくっつくまでに隙間をなくした。

佳人の体温をウール地のズボン越しに感じ取る。それだけで遥は幸福に満ちた温かな心地になった。

この温もりの代わりになれるものは、どこにも存在しない。

遥はひしひしそれを噛みしめさせられる。

もしかすると佳人も同じようなことを考えてくれたのだろうか。白い喉が上下して、こくりと音を立てる。

遥は、膝の上に指を揃《そろ》えて載せられていた佳人の手に自分の手を被《かぶ》せ、力を込めて握りしめた。

すぐに佳人は手の向きを変え、自分からも遥の手を握り返す。まるで遥の存在が現実かどうか確かめでもするかのようだ。こんなとき遥は、あの一月半の間、どれだけ佳人を傷つけてしまったのかを痛感し、胸が痛くなる。過ぎたことです、と佳人は平気な振りをするが、遥には依然悔いが残り続けている。いったいどうすればこれまで以上に佳人を幸せにしてやれるのか、思案し続けていた。

「お正月の予定はどうなっていますか？」

手を握り合ったまま、今度は佳人から話しかけてくる。

「特に何も決めていない。おまえ次第だ」

例年だと、新年早々から東原《ひがしはら》に誘われてゴルフをしたり、仕事の虫が騒いで会社に出たりしていた。初詣《はつもうで》など個人的にはしたことがない。そもそもが、盆だ、正月だという意識自体、薄かった。他の月と変わらぬ気持ちで、毎年さしたる感慨もなく迎えていたのだ。

しかし、今年はそれをあらためようと思っている。

遥の返事を聞いて、佳人は頰に微《かす》かな赤みを浮かばせた。注意していなければわからない程度だったが、さりげなく横目で佳人の顔を見ていた遥はすぐ気づいた。些細な言葉にも気持ちを揺らす佳人に愛しさと同時にせつなさを覚える。

「おれは何もしなくていいです」

佳人は遥の顔を窺《うかが》うように覗《のぞ》き込む。

「遥さんさえよかったら、家でのんびり過ごしたいと思っています」

佳人は意外さを隠し切れない表情を浮かべた。

「ならそうしよう」

あまりにもあっさり遥が答えたせいか、佳人は意外さを隠し切れない表情を浮かべた。

「いいんですか？」

「なにか不都合があるのか？」

いいえ、と佳人は目を伏せる。いつ見ても感嘆するほど長く、綺麗《きれい》に上向きに反った睫毛《まつげ》が、心中の戸惑いと嬉しさを表すように揺れた。

自分にできる限りのことをして、佳人を幸せにしてやりたい——遥は強く感じ、あらためて決意する。

なにが佳人にとって一番の幸福なのか、早く見極めなければと思った。

*

黒澤邸の掃除は土日・祝日を除き、毎日通ってきてくれる家政婦の松平《まつだいら》がこまめにするので、年末だからといって特に大掃除が必要な箇所もない。

遥と佳人が平常よりずいぶん早い時間に帰宅したとき、ちょうど引き揚げようとしていた松平と玄関で顔を合わせた。

「あらまぁ、お早いお帰りで。やっぱり大晦日ですものね」

松平は、川口組《かわぐちぐみ》の若頭である東原を相手にしても一歩も退かず、家政婦としての職務をまっとうするだけの肝《きも》の据わり具合をしている。職務に熱心で有能であるのはもちろん、たいがいのことには動じないため、遥も重宝《ちょうほう》していた。よく気が利いて、勘も鋭そうなので、遥と佳人の関係にも早いうちから気づいていたようだ。それはそれで、下手に隠したり取り繕ったりせずにすみ、楽だった。

元々夫の経営する飲食店を手伝っていたという松平は、料理も得意だ。遥がずっと世話になっている家政婦斡旋《あっせん》会社では、頼めば食事の支度もしてくれるのだが、これまで来てもらっていた中では松平の味付けが一番口に合う。レパートリーも豊富だ。外食続きの後などは、胃に負担にならないものを作ってくれていて助かった。

その分逆に、一時期ずっと家で留守番だけさせていた頃の佳人は、本気で自分のすることは何もないと落ち込んでいたようだ。遥は決して佳人を自分の妻代わりにしたいわけではなかったので、佳人には家事などしてもらわなくていいと思っている。いまだに佳人はいちいち遥に気を遣うが、遥の本音はそれだ。もしかすると、たまに甘えて佳人にお茶など淹《い》れさせるから、佳人も自分の役割を誤解するのかもしれない。

これが今年最後の訪問になるので、と丁寧な挨拶《あいさつ》をして帰っていく松平を見送ったあと、茶の間に落ち着く。

「お茶を淹れます」

いつもの調子で少しも腰を下ろしてのんびりしようとしない佳人が、遥が口を開くより先に、台所に向かう。

「遥さん！」

台所から佳人のびっくりした声が聞こえる。

「どうした？」

遥も座椅子を立って台所へ行く。

作業台の上に載せてあるのは、漆《うるし》塗りの立派な重箱だ。四段重ねになっている。

蓋を開けると、おせち料理が詰められていた。

「なんだか、見透かされたようだな」

遥は苦笑するしかない心地で呟《つぶや》いた。

「何を、ですか？」

佳人が訝《いぶか》しそうに首を傾げる。

遥はフッと唇の端を上げ、こういう手合いの話になると急に察しの悪くなる佳人を、からかうように見た。

「俺がおまえと三箇日ずっと家に籠《こ》もることにしたことを、だ」

「あ……」

そういう意味ですか、と佳人は面映《おもは》ゆそうにする。

遥はそれぞれのお重の中身を確かめて、「旨そうじゃないか」と言った。

一の重には口取《くちと》りと祝い肴《ざかな》、二の重には五種類のすすめ肴、三の重にはお煮しめ。そして、与《よ》の重にはアワビの酒蒸しや小鯛、酢の物、焼き物、そして紅白なますが、彩《いろど》りよく詰められている。眼福《がんぷく》だ。味ももちろんいいだろう。

「おかげで外食したり店屋物をとったりせずにすむな」

「はい」

遥は佳人の肩に手を置いて、軽くポン、とひと叩きした。

「今晩は鍋だ。俺が支度するから、おまえは風呂を沸かして先に入れ」

「でも……」

「上がったら和装になれよ」

台所仕事は自分が、と言い出しそうな顔をした佳人を押し止《とど》め、遥は強引に言葉を被せた。

佳人は困惑気味に「……はい…」と頷《うなず》く。

その代わり、お茶は佳人に淹れさせた。佳人の淹れるお茶には心が籠もっている。お茶の入り具合を見れば、佳人の精神状態が推し量れるほどだ。遥はじっくり味わいながら茶を飲んだ。

佳人が後ろ髪を引かれるように気がかりそうな表情をしつつ浴室に向かったあと、遥はいったん二階の部屋に行き、スーツを脱いで部屋着に着替えた。台所仕事がしやすい格好になる。

鍋料理はさほど手間がかからない。

冷蔵庫を覗くと、歳暮でもらった豪勢な食材を始め、正月買い出しせずにすむように松平が買い置きしておいてくれたらしい様々な品で、中はぎゅうぎゅうになっていた。

合鴨《あいがも》の胸肉がある。生椎茸や舞茸、榎茸《えのきだけ》といった茸類《きのこ》もたくさんあった。どうやら一度くらいは鍋をするだろうとも見越されていたかのようだ。侮《あなど》れない小母《おば》さんだ、と遥はひとりごちる。

今夜は合鴨と茸の鍋だ。

遥は迷うことなく決めてしまい、さっそく下拵《したごしら》えに取りかかった。

鉄鍋で、薄くそぎ切りにした合鴨の胸肉の、脂の部分を鍋肌に当てて焼いていると、きっちりと和服を身に纏《まと》った佳人が台所に顔を覗かせた。

「いい匂いですね」

「鴨だ」

遥は湯上がりの佳人をちらと見て、眩《まぶ》しさを感じ、目を眇《すが》める。

白いうなじがほのかに紅潮し、えも言われぬ色香が滲《にじ》み出ていた。

「続きはおれがしてはいけませんか？」

「後はもう、鍋を火にかけるだけだ」

「お酒はどうします？」

「熱燗《あつかん》がいい」

「用意しておきますから、遥さんもお風呂をいただいてきてください」

遥のすぐ傍《かたわ》らに立った佳人が、遥の手からそっと菜箸《さいばし》を取り上げる。

「……わかった」

佳人はにっこり微笑み、遥の背中にやんわり指を触れさせてきた。

触れられた途端《とたん》、熱い情動が込み上げる。

遥は佳人の腰に左腕を回し、右手で素早く顎《あご》を捕らえると、柔らかな唇を奪った。

「んっ……！」

不意を衝《つ》かれた佳人の口から艶《つや》っぽい声が出る。

一度唇を合わせると、遥は理性のタガが外れたように佳人を求め、軽い接吻《せっぷん》だけでやめるつもりが、舌を絡ませる濃厚なキスにまでもっていってしまった。

「遥さん……あ、……は、遥さん」

佳人も遥に応え、熱っぽい息を吐きながら、頭の芯がくらくらしてくるようなキスを返してきた。

「だめだ。きりがない」

名残惜しいのを我慢して、遥は濡れた唇を離すと佳人の肩を押して身を引き剝がす。

「遥さん」

佳人の潤んだ瞳は、天井からのライトを受けて黒曜石《こくようせき》のように光る。

遥はあまりの色香にぞくりとした。

「続きは夜だ」

短く言って踵《きびす》を返す。

今すぐ佳人を押し倒しかねないほど身も心も高揚《こうよう》していた。

遥はそれを心地よい湯加減の風呂に浸かって落ち着かせ、上がってからは和服に袖を通し、気持ちを引き締め直すように帯をきりりと締めた。

＊

大晦日の夜は夜更かしするのがそれまでの遥の常だったのだが、その晩は中継で除夜の鐘撞《つ》きが始まる頃、テレビを消して佳人と共に二階に引き取った。

「鍋、本当に美味しかったです」

着物を脱いで先にベッドに上がり、遥が来るのを待つ間、佳人は照れくささを紛らわすように言った。

「そうか」

全裸になった遥は、佳人の上にのし掛かるようにして身を横たえ、唇を軽く啄《ついば》む。

チュッと湿った音が静かな室内に響く。佳人が身動《みじろ》いだ拍子に、ベッドのスプリングも音を立てた。

もう何度この体を抱いたのだろう。

遥は手のひらに吸いつくような肌理《きめ》の細やかな肌の感触を堪能しながら、ふと思った。佳人を知る前は、自分に男が抱けるとは考えてもみなかった。あえて言うなら、逆の可能性については考えたことがある。それは、東原とならばともするとそういった関係になることもあり得るかもしれない、と漠然《ばくぜん》と感じていた時分のことだ。しかし、東原は遥とは寝なかった。極道の世界に誘おうとしないのと同様に、体の関係を求めもしなかったのだ。

遊びのような可愛いキスを繰り返すうち、遥は佳人の瞳が濡れてきたことに気がついた。枕元の明かりは絞ってあるが、互いの顔ははっきり見える。

この涙には哀しみと安堵《あんど》と幸せのすべてが混ざっている……。遥はそう感じ、一度は遥の許を去る決意までしなくてはならなかった佳人の胸の内を思って、苦しいほどせつなくなった。

「……辛かったな、おまえも」

遥の言葉に、佳人はきゅっと唇を結び、泣くのを堪えるような顔をした。

「いいえ、おれは大丈夫でした。遥さんこそ、見ているこっちがどうにかなりそうなくらい、辛そうでした」

口ではあくまで強情を張るが、否定して首を振った拍子に、目尻に溜まりかけていた涙が粒となり、遥の頰に飛んできた。佳人も「あっ」という表情になる。無理をして平気な振りをし、遥に負担をかけさせまいとする様子が、さらに遥の胸を打つ。

「大丈夫なのに泣くのか」

「今が幸せだからです」

幸せを感じて泣かれる分にはかまわない。

遥は佳人の唇を塞いだ。

今度はさっきとは打って変わり、濃密なキスをする。唇を舌先でこじ開け、感じやすい歯の根をなぞって呻《うめ》かせた隙に、歯列を割ってさらに奥へと潜《もぐ》らせた。

上顎の裏は、体中に散らばる佳人の弱みの一つだ。尖らせた舌で擽《くすぐ》ると、くっと顎が持ち上がり、頭を仰け反らす。

熱い口の中をまさぐりつつ、手は佳人の胸にやる。

肉の薄い胸板を平手で撫で、指先に触れた小さな突起を摘《つま》み上げた。

「ふっ……あ」

乳首を弄《いじ》り始めると、佳人はたちまち乱れだす。いっときもじっとしていられないようで、伸ばしていた足を膝で折って曲げたり伸ばしたりし、腰を捩《よじ》る。両腕はシーツに磔《はりつけ》にされたようにして動かさず、ときどき爪を立てていた。

遥は佳人の口に溜まった唾液を舐め取り、代わりに自分のものを送り込んで嚥下《えんか》させると、汗ばんだ額を撫でながら唇を離した。

唾液がつうっと糸を引く。

佳人はキスと胸への愛撫だけで、すでに頭の芯を痺れさせているらしく、ちょっとぼうっとしていた。

上気した頬、濡れそぼった唇、悶《もだ》えるたびに乱れて顔に打ちかかる髪。

佳人のこんな顔を見るのは、この先ずっと自分だけだ——遥は激しい独占欲を感じて、もう一度荒々しく佳人の唇を塞ぎ、吸い上げた。

「ううっ」

佳人が喘ぐように悲鳴を洩らす。

その艶っぽさにあてられ、次第に遥も熱に浮かされた心地になってきた。

「愛している」

めったに口にしない言葉が、自分でも意外なくらいすんなりと出てくる。

「遥さん」

佳人は両手を上げて遥の顔を包み込み、続けて何か言おうと唇を開きかけたのだが、気持ちが昂って頭が混乱しているのか、伝えようとしていたことをうまく言葉にできなかったらしい。もどかしげな表情を浮かべ、物言いたげな目で遥を見つめる。

遥はそんな佳人が心の底から愛おしかった。

「こうしておまえのところに戻ってこられて、俺は幸運だ。まだ運に見放されてはいなかったらしい」

「はい。でももう、あんなことはたくさんです」

佳人は絞り出すような声で言った。

「一度なら耐えられたけれど、きっと二度は無理だ……。遥さんも知っているでしょう？　おれは全然強くない。意地っ張りなだけなんです」

「ああ、知っている。だが心配するな。二度とない」

未来が見えるわけではないが、遥は希望を込めて言い切った。ずっと遥の頬に添えられていた佳人の手首を摑み、左手の薬指を口に含む。

「だったら嬉しいです」

佳人は遥の言葉を素直に受けとめ、暗く沈みかけた表情を精一杯明るくしてみせる。

誓いの意を込めて、遥は佳人の薬指をしゃぶった。

舌を絡めて吸い上げると、男にしてはずいぶん細い指が、ピクリと引き攣《つ》るように震える。

佳人は溜息に似た吐息を零し、遥が口から離した後の濡れた指を、自らそっと銜《くわ》えて軽く歯を立てた。なんともエロティックな仕草に思え、遥は官能を煽《あお》られてぞくりとした。

今夜はきっと、遅くまで佳人を許してやれそうにない。

「明日、起きられなくなってもいいか？」

低めた声で耳元に囁くと、佳人はじわっと頬を赤くして、微かに頷いた。遥を見返す瞳には、期待と羞恥が窺える。欲情しているのがわかった。

遥は佳人の胸に唇を滑らせ、ところどころ肌を吸って口づけの痕を散らす一方、右手を下肢に忍ばせた。

膝頭を捏《こ》ねるように愛撫して、そこから手のひらを太股に移し、すっと付け根まで撫で上げる。それだけで佳人は息を詰め、艶めいた表情をしたのだが、遥が半勃ちになった陰茎を掴むと、さらに敏感に体を震わせた。

はじめはゆっくりと、それから次第に素早い動きで性器を扱《しご》き、刺激する。

半開きになった佳人の唇から、堪え切れなくなったように艶やかな喘ぎ声が洩れてきた。息遣いも荒くなり、吐く息が熱を帯びてくる。

先端から滲み出た淫液が遥の指を濡らし、滑りをよくした。

「は、遥さん……遥さん」

佳人の声に切羽《せっぱ》詰まった響きが混じり始める。

遥はそのまま手の動きを激しくして、先に一度佳人を極めさせてやった。

はぁはぁと息を乱し、肩や胸、余分な肉のいっさい付いていない腹を大きく上下させ、佳人は達した直後の法悦の時をやり過ごす。半ば放心したような表情がひどく扇情《せんじょう》的で、遥の情欲をそそる。

佳人が全身を弛緩《しかん》させて呼吸を整える間、遥はサイドチェストの引き出しを開け、潤滑用のローションを取った。

そのままベッドの上で起き上がり、大きく開かせた佳人の足の間に身を置く。

さっき放ったばかりの陰茎は柔らかくなっていたのだが、手のひらに包み込んで軽く揉んでやっただけで、再び芯を作り始める。

「元気だな」

「そんな。遥さんが触るからです」

佳人は遥の意地悪に赤面してやんわり抗議した。

遥は喉の奥で低く笑うと、そこから手を離して陰囊《いんのう》を少し弄ったあと、もっと奥に指を進めた。

佳人の秘部はきゅっと硬く窄《すぼ》まっている。繊細に畳み込まれた襞《ひだ》の中心に指の腹をあてがい、揉み込むように強めに撫でる。

ローションを手のひらに垂らし、肌に馴染む程度に温めてから秘部に塗り込めた。

「あっ……、あ、んっ……」

佳人が顎を反らし、シーツに這わせた指をまさぐるように動かす。

感じているのは硬くなって突き出した乳首からも明らかだ。空いている方の指で摘み上げ、捏《こ》ね回すように擦り合わせて刺激すると、佳人の乱れ方がいっそう際立ってくる。胸は本当に感じやすく、弱いのだ。

たっぷりと秘部を濡らし、出入り口が柔らかく解れて開きやすくなったところを見計らい、人差し指と中指を揃え、襞を押し開く。

「んんっ、あ！」

細い腰が跳ね、艶めいた声が上がる。

「痛いか？」

念のため遥が聞くと、佳人は唇を噛み、ふるふると頭を振って否定した。頬が紅潮している。

痛みより快感のほうを強く感じているようだ。

狭すぎる筒を掻き分けながら、二本の指を奥まで進めた。

熱く湿った佳人の内側は、侵入してくる遥の指に纏いつき、きつく締めつける。内壁が絡みつく感触を味わいながら、遥はゆっくりと指を動かした。

ローションを使ったため、濡れそぼった粘膜が擦れる淫猥《いんわい》な音が、あたりに響く。

佳人の乱れぶりもいつも以上に激しかった。

「遥さん、遥さん！」

ぎゅっと腕を摑まれる。

切羽詰まって哀願する眼差《まなざ》しが、今すぐ欲しいと遥を求めていた。

遥は指を抜くと、腰をあてがった。

そのままいっきに佳人の中心を貫き、最奥《さいおう》まで突き上げる。

佳人は悦《よろこ》びに満ちた悲鳴を上げ、全身をのたうたせた。胸に付くほど折り曲げた足の爪先がピンと伸び切って痙攣《けいれん》しており、佳人の感じている快感の強さを物語っている。

グッグッと腰を使って佳人を責めながら、遥は桜色に染まった美貌を観察した。

「いいか？」

「い、……あっ、あ、……いい」

容赦なく体を揺さぶられ、息も絶え絶えの状態で、佳人は熱に浮かされたように答える。

本気で感じていることは陶然《とうぜん》とした表情を見ただけでわかる。

遥は腰を折り、喘ぐ佳人に顔を近づけ、唇を小刻みに吸い上げた。

もっと感じて我を忘れるほど夢中にさせたい。

的確に弱いところを突き、佳人が悶絶《もんぜつ》して泣く様を見守った。

遥自身も昂揚している。簡単には終わりたくなくて、時間をかけて佳人との甘美で濃密なセックスを愉《たの》しんだ。ティーンの頃とは違い、ひと晩にそう何度もする精力はない。よくやれて三度が限界だろう。その分、一回一回の行為が濃厚で、性技を尽くした淫靡《いんび》なものになる。そんなふうに徹底して征服したいと思うのは、ひとえに佳人が自分のものだという確信を持ちたいからだ。我ながら俗っぽい男だと自嘲《じちょう》する。実のところ、遥は周囲が言うほどクールでもストイックでもない。むしろ、熱いほうになるのではないかと自分では思っていた。

「もう、……も、もう、許してください」

間断なく抽挿《ちゅうそう》され、内側の繊細な粘膜を擦り立てられて、次から次に湧き起こる快感に翻弄《ほんろう》されていた佳人が、とうとう弱音を吐き、縋《すが》るような表情を見せ始めた。

「きつすぎて……！」

どうにかなりそうです、と佳人は喘ぎながら訴える。

そろそろ遥も限界だったので、ラストスパートをかけていっきに高みを目指す。

いくとき、頭の中が真っ白になるほどよかった。

佳人も後ろを責められるだけで二度目を極め、遥と前後するタイミングで放つ。

「あああ」

「……佳人」

強すぎる快感に泣く佳人を、遥は繋がり合ったまま抱き竦《すく》めた。

わななく唇に軽いキスを繰り返す。

そうして何度も口を合わせていると、深い愛情が腹の底から湧いてきて、さして時間をおかずにまた股間が張り詰めだした。佳人の中で再び猛ってくる。

「遥さん……あの」

気づいた佳人が狼狽《うろた》え、遥の腕の中で身を捩った。はっきり何がどうしたと言えずにじわっと俯くところが、いかにも佳人らしい。遥は苦笑を禁じ得なかった。

「すぐに二度目ができそうだな」

「でも、おれはもう」

「だめだ。忘れたのか？　明日は起きられなくなってもいいと言ったはずだ」

「意地が悪いです、遥さん」

「今さらだな」

遥がさらりと流してしまうと、佳人は唇を噛んで恨めしげに遥を見る。しかし、すぐにまた綺麗な笑顔になり、「仕方ないですね」とまんざらでもなさそうに言った。

「おれは自分でも信じられないほどあなたが好きなんです。だから」

「ああ」

「……愛しているから、あなたにだけは何でも許します」

「ああ。わかっている」

遥は淡々と答えながらも、胸に込み上げてくる恋情に溺《おぼ》れそうな心地がしていた。

上体を起こして佳人の腰を抱え直す。

「今度は後ろからだ」

いったん抜いて、佳人の体をひっくり返し、俯せに這わせた。腰だけ高く掲げさせる。

遥の雄芯《おしん》は再び張り詰め切っていた。

硬い先端でさっきさんざん蹂躙《じゅうりん》した襞を抉《えぐ》り、ズズッと奥まで押し入る。

佳人の口からあられもない嬌声《きょうせい》が迸《ほとばし》った。

突き入れられて抽挿されることに慣らされた秘部が、遥のものを包み込んで締めつける。腰を揺すって抜き差しし始めると、たちまち眩暈《めまい》がするほどの悦楽を味わえた。よすぎて理性をなくしてしまいそうだ。

遥を受け入れた佳人は、今度は自分からも腰を動かした。

二人で一緒に法悦の極みを迎える。

年越しの夜は、そうして意識を失うような眠りに落ちるまで、お互いへの愛情を確かめ合っていた。

*

無理をして起きなくてもいいと言っておいたにもかかわらず、佳人は元旦の朝、きちんと襟を正して和服を着付け、一階に下りてきた。

先に寝室を出て月見台に立ち、寒さをいっそ心地よく感じながら冬枯れした庭を眺めていた遥は、顔を見せた佳人に苦笑し、傍に来いと手招いた。

「今年も……無事に明けましたね」

佳人の言葉には含蓄《がんちく》があり、心から安堵し、喜んでいる気持ちが伝わってくる。

確かに、一歩間違えれば、これとはまったく違う絵柄が描かれていたかもしれない。間に合ってよかった。「もしも」を想像すると、背筋が冷たくなる。

遥は、外の風に晒《さら》されて冷えてしまった佳人の体を抱き寄せ、室内に連れ込んだ。

「まだ早い」

もう一度寝室に戻り、せっかくきちんと着付けている着物を脱がせ、ベッドに入らせる。遥も同じようにして、佳人の隣に滑り込んだ。

肌と肌を触れ合わせると、他では得られない温もりと幸福感を覚える。

遥は佳人の肩を抱き、満ち足りた息を吐く。

一度は無理をして起きたものの、ベッドに戻るなり、佳人は眠気と全身の怠さを思い出したようだ。しばらくするとうとうとしだし、それからものの五分と経たぬうちに寝息を立て始めた。

佳人の寝顔を眺めつつ、時折髪の毛をそっと愛撫していた遥も、規則正しい寝息を耳にしているうち、だんだん瞼が重くなってきた。

気がつくと、すでに太陽は南の空に高々と昇っている時刻になっていた。

枕元の目覚まし時計を確かめ、さすがに寝すぎだ、と反省しつつ起き上がると、寝入ったときと変わらずに遥の傍らで眠っていた佳人まで目を開けた。

「……遥、さん……?」

「おまえはもう少し寝ていろ」

遥はぶっきらぼうな調子でそう言い、佳人を止めたのだが、佳人は「いいえ、もうおれも大丈夫です」と遥の言葉を聞かず、身を起こす。

「やっぱりおまえはおまえだな、佳人」

胸の中で、この強情っ張りめ、と呆れて呟きながら、遥は嬉しいような苛立つような複雑な気分だった。

なにがどうあれ、遥は、意地っ張りで強情で意外に気が強く、そのわりに繊細で、なにより他人への思いやりに満ちて情の深い佳人が好きなのだ。そういう佳人を愛しているのだろう。

お互い、超が付くほど不器用で、たまにばかみたいなことで誤解し合い、ぎくしゃくするのだが、長所も短所も全部ひっくるめて愛情を感じ合っている。

案外これでいいのかもしれない。遥はあらためてそう思った。

「もう正午過ぎなんですね」

時計に目をやった佳人がびっくりしたように言う。

「遥さん、初詣に行かなくてよかったんですか?」

「べつに俺はどうでもいい」

佳人が行きたければ行くが、そうでないならわざわざ人出の多い元日に出掛ける気はしない。それよりここでもう一眠りして、松平がわざわざ腕によりをかけて準備していってくれたおせち料理を食べるほうを選ぶ。

「俺は寝正月というのも好きだ」

「それもいいですね」

佳人は爽《さわ》やかな笑顔を向け、答える。寝直して頭がすっきりしたらしく、実に気分のよさそうな、晴れ晴れとした表情だ。美貌が際立つ。眩しいくらいに綺麗で、遥は柄《がら》にもなく裸の佳人のどこに視線をやればいいのか戸惑った。そんなふうにドギマギさせられるほど、綺麗だったのだ。

「遥さんは日頃忙しすぎるから、お正月くらい寝て過ごしてもいいと思います」

「そうじゃない」

遥は淡々と否定した。

ヘッドボードに背を凭《もた》れさせ、佳人の肩を引き寄せて背中越しに抱く。

「おまえがいるからだ」

いつものごとく愛想もくそもなく短い言葉を付け足すと、佳人は「はい……」と気恥ずかしげに顔を俯けた。

「体、きついか?」

低めた声で確かめる。

「いいえ、もう……大丈夫です」

佳人ははにかみながら答えた。そう答えれば、今の雰囲気からして次にどんな展開になるのかは火を見るよりも明らかだ。

遥は佳人の顎を掴むと、うっすらとした桜色に色づいている唇を塞いだ。

「……あっ」

佳人が小さく喘ぐ。

遥は無遠慮に唇をこじ開け、舌を差し入れた。

たちまちキスが深くなる。

湿った音を立てながら熱いキスを交わしていくうちに、遥は佳人をシーツに押し倒し、のし掛かっていった。

おせちの前にもう一度おまえが欲しい。

さらりとそう告げると、佳人は無言のまま蠱惑《こわく》的な瞳で遥を見つめ、誘うようにその目を閉じた。

His Secret Affection

細く啜り泣くような声はずっと続いていた。時折そこに、尖った悲鳴や堪《こら》え切れないような嬌《きょう》声《せい》が混じったりもする。

かれこれ小一時間になるか、と脩一《しゅういち》は腕時計に視線を落として確かめた。

襖《ふすま》一枚隔てた隣室で行われているのはべつに珍しいことではない。正宗《まさむね》脩一が香西組《こうざいぐみ》に居着いてからそろそろ三年ほど経つが、啜り泣いている声の主はそれより前からすでに親分の愛人としてこの屋敷に囲われていた。

久保佳人《くぼよしと》という名の、男である。

香西組組長である香西誠美《まさみ》の精力家ぶりは皆の知るところだが、さすがに男女構わずとは思っていなかったので、最初に佳人の存在を知ったときには驚いた。

第一印象は、えらく繊細そうで綺麗《きれい》な男だな、というものだった。見習いの使い走りには見えず、どういう関係で組長宅にいる男だろうかと訝《いぶか》しく感じたのを覚えている。

その疑問はすぐに噂好きの子分衆から耳打ちされて解けたものの、男の愛人、という事実に改めて目を瞠《みは》った。確かに佳人は整い切った顔立ちとほっそりたおやかな体つきをした美青年だが、組長に媚を売って愛人という身分に満足している類《たぐ》いの男には思えなかったからだ。

なんといっても、目の輝きが違う。

どんなに泥まみれになっても高潔さを失わない覚悟をしている目だ、と脩一は思った。理知的で向学心があることは、親分の許しを得て大学に通っていることからもわかる。香西は仁義を重んじる昔気質《むかしかたぎ》の極道で、自分自身が勉強家でインテリな一面を持つ。佳人を本人の希望通り大学にまでやっていたのもそのためだろう。

佳人が香西の愛人になった事情を脩一に教えてくれたのは、組長の右腕たる若頭の、二之宮《にのみや》だった。

あれは親の借金のカタに組長が二年ほど前自分のものにした男だ、と二之宮は言った。そして、親父さんは大層なお気に入りでいっこうに飽きる気配がない、と苦笑していた。それが三年前の話だから、親分はもう五年も佳人に執心していることになる。

ああぁ、と切羽《せっぱ》詰まった艶《なま》めかしい声がし、続いてくぐもった嗚咽《おえつ》が聞こえてきた。

脩一が控えている小部屋は親分の個室に連なる四畳半で、いつも交替で誰かが寝ずの番をしている。

今のところ特に抗争めいた動きはないのだが、親分の身辺は常に複数の子分で固めている。香西組組長に万一があれば、主筋に当たる川口組《かわぐちぐみ》にも波紋が生じる。川口組は東日本一の規模を誇る一大組織の頭だ。ここが乗り出せば事態は「抗争」ではなく「戦争」になるだろう。そうなれば、ただでさえ暴力団を根絶やしにしようと手ぐすね引いている警察に、介入する恰好の口実を作ってやることになりかねない。

色事好きの親分の閨房《けいぼう》での様子を逐一聞かされるのもなかなかつらいものがあるが、これも修行の一つだと脩一は割り切ることにしていた。

親分がこの本邸に囲っている愛人は佳人だけだ。他にも何人か世話しているオンナがいるらしいが、いずれもここに呼んだことはない。本妻は娘の教育に気を遣っているのか、ずいぶん以前から別居状態で、月の三分の一ほどを親分が通う形でうまくいっているらしい。元々極道者は愛人を作るのが甲斐性《かいしょう》のようなところがある。香西の妻はその辺を重々承知した、きっぷのいい姐《あね》さんだった。

女を何人も欲しいと思う気持ちは同じ男としてわからなくもないが、男にここまで入れ込むというのはどんなものなのか、と脩一は不思議な気持ちになる。

佳人は確かに美しい男だが、五年も続くというからには単に見てくれだけではない何か特別なものがあるのだろう。親分がそこまで長く一人に入れ込むことは他の者に対してはないことだ。本妻は別格としても、愛人はずっと入れ替わっている。どうやら外にも男の愛人がもう一人か二人いるようだが、それにしても脩一などは名前すら把握していない程度なのだった。

あそこの具合が抜群にいいんだろう、などといやらしい薄ら笑いを浮かべて邪推《じゃすい》している子分連中は多い。

連中は佳人のことをよく思っていないのだ。

親分の前でこそおとなしくしているものの、陰では相当に佳人を脅したりいびったり嘲笑《あざわら》ったりしている。親分に寵愛《ちょうあい》されている佳人が、内心羨《うらや》ましくてたまらないのだろう。脩一の目から見ても、親分の溺愛《できあい》ぶりは並でないと思える。

子分どもに苛《いじ》められていることを、佳人は決して親分に告げ口しないようだ。

それは、単に連中が口止めしているためというより、佳人自身の気の強さのせいだと脩一は感じている。

たおやかでおとなしそうに見えても、佳人は相当に芯が強そうだ。ああいう人間が極道になるとさぞかし立派な筋者《すじもの》になる気がする。親分もいずれは佳人に盃《さかずき》をとらせようと考えているらしいのは薄々わかっていた。そのことは二之宮も察していて、こちらはかなり複雑な顔色をしている。べつに自分の地位が危うくなるとか、そんな低次元の心配をしているふうではないが、一度二之宮は脩一に、極道にしていいやつとやめておいたほうがいいやつがいる、と洩らしたことがあり、反対なのは明らかだった。

それにどちらかと言えば、脩一も二之宮の意見に賛成している。

佳人には堅気《かたぎ》の世界のほうが似合う。

脩一自身がこの世界に入ったきっかけは、中学の頃からぐれていて街のチンピラたちとつるんでいたことから始まっている。高校生になると暴走族たちと対峙《たいじ》して、暴力沙汰の大喧嘩を繰り返していた。脩一の体には二十七にして十いくつもの切り傷や刺し傷が残っている。我ながら熾《し》烈《れつ》な青春時代を送ってきたのだ。

当時脩一が仲間とよくたむろしていた盛り場を仕切っていたのが中里組《なかざとぐみ》で、そこの中堅クラスの組員から、うちに来ないかと誘われた。二十二くらいのときだ。

以来ずっと中里組の世話になってきたのだが、二年ほど経ったとき、たまたま組長宅を訪れていた香西と出会った。そのときに風流好みの香西と何気なく気の利いた会話を交わしたことが縁になり、気に入られて行儀見習いとして香西組の預かりという身分になったのだ。

いずれは中里組に戻る身だが、中里組より格上の香西組にいた実績は、脩一の将来をある程度約束してくれることになるだろう。

自分はそういうふうにして極道者としての人生を歩いてきたが、脩一としてはこんな生き方を他人に勧めたいとは思わない。特に、大事にしたい人間ならば、遠ざけこそしても、引き込むつもりはなかった。

佳人にはいずれ堅気に戻ってほしいと思うのは、彼に極道として生きるような道は合わない気がすることもあるが、子分たちの気持ちの問題も多少はある。

もちろん決めるのは親分だが、佳人を側近などに取り立てた場合生じるに違いない内部の軋轢《あつれき》を考えると、二之宮が渋い顔をするのも道理なのだ。佳人が望むならばともかく、そうでなければみすみす騒動のタネを作る必要はないだろう。

いずれ親分が佳人に飽きる可能性もないとは言えないが、この熱心な状態を間近で見ていれば、どうかという気もする。そのくらい親分はこの麗人《れいじん》に入れ込んでいるのだ。

ああっ、あっ、あっ、と中から聞こえてくる声が激しくなってきた。

どうだ、いいか、いいと言いなさい、と香西が佳人を責めている。

肉のぶつかり合う淫靡《いんび》な音まで耳に入ってきた。

激しい交わりを想像させられて脩一は少し座る位置をずらして体を遠ざけてしまう。

あまりにも生々しかった。

それでも今夜はまだましなほうだ。好色な親分はときどき若い衆を三人ほど侍《はく》らせ、佳人の体を様々な淫具で責めさせたりもする。自分はそれを酒など飲みつつ眺めて楽しむのだ。

普段は淑《しと》やかに取り澄ましている美しい顔が悦楽に歪《ゆが》み、涙に濡れるさまを見るとぞくぞくする、と言っていたのを聞いたことがある。

もちろん子分たちには佳人と直接交わることは許さない。それはこの屋敷にいる者全員、厳命されていた。過去には佳人に手を出そうとして所払いされたり、破門状を回されたりした者もあったらしい。確かに「バシタトルナ」、つまり、ひとの女を寝取るな、というのを掟《おきて》として明言している組は多いが、香西の佳人に関するそれは徹底していた。

余興にだけ付き合わされて股間を昂《たかぶ》らせたまま追い払われる子分たちにすれば面白くないのは当然だ。そのため親分の目の届かないところでの苛めが頻発するのだろうが、佳人はそれを甘んじて受け、事を荒立たせようとはしないのだ。

佳人の濡れた喘ぎ声に、許してと哀願する言葉が混じり始めていた。結構強情な気質の佳人がこうして落ちる瞬間が、親分を一番満足させるのだ。男の征服欲を掻き立てられ、自分のものだという証《あかし》を細い体中に刻み込んでやりたくなる気持ちは脩一にもわかる。

そうして佳人が矜持《きょうじ》を捨てて縋《すが》りつくのを待ち構えていた親分は、ここからが本領発揮とばかりに老練な手管《てくだ》で責め始める。

淫靡さを増した行為はこれからが本番だった。

泣き喘ぐ佳人の声が止んだのは、一時間後だった。

「正宗」

部屋の中から親分に呼ばれ、脩一は失礼します、と断りを入れつつ襖を開いた。

煌々《こうこう》と明かりが灯《とも》されたままの広い和室の中央に延べられた豪奢《ごうしゃ》な夜具に、細い背中が俯《うつぶ》せのままぐったりとしている。親分は軽く寝間着を羽織って、書き物机の前に座っていた。

「儂《わし》はまだ少し仕事をしてから寝る。ここは誰か別のやつに任せて、おまえは佳人を部屋に連れ戻して休ませてやれ。今夜は少し無理をさせすぎた」

「畏《かしこ》まりました」

四十代半ばの香西誠美は、親分としても脂《あぶら》ののり切った歳だ。貫禄《かんろく》十分で、度胸も迫力も並の極道とはまるで違っている。硬くしまった肉付きのいい体格をしており、若い頃の苦労のせいか髪には少し白いものが混じり始めているものの、まだまだこれから活躍するだろうという勢いを感じさせる男だ。決して男前ではないが、いかにも大物然とした顔つきをしている。

脩一は布団にしどけなく伏したままの佳人に座ったまま躙《にじ》り寄る。

腰から下には着物が掛けてあったが、白さが目立つ背中は剝《む》き出しになったままで、艶めかしいことこの上ない。抱かれた直後だと脩一が知っているせいかもしれないが、手を掛けて抱き起こすのも躊躇《ちゅうちょ》してしまうほどの色香が全身に滲《にじ》んでいる。

薄く汗を掻いた肌は明かりの下で真珠のようにしっとりと光っている。乱れて顔に掛かっている髪も、シーツを摑んだままの細い指も、これが同じ男だろうかと変な気持ちになるほど綺麗だ。

ここで躊躇《ため》らえばかえって邪心があるように思われるだろう。

脩一は背中を向けたままの親分にチラリと視線を流してから、あくまでもさり気なく、無造作に思えるくらいの手つきで、佳人の体を腕に抱きかかえる。

姿勢を変えさせられたためか、淡く色づいた唇から微《かす》かな呻《うめ》き声が洩れる。形のいい眉もピクリと動いたようだが、目覚めるまでには至らない。よほど疲労困憊《こんぱい》しているようだった。

背の下に片腕を差し入れて支えてやりつつ、もう片手で腰のあたりを隠していた着物を引き揚げてやる。まだ硬く尖ったままの乳首が色めきすぎていて、裸体のままの佳人を部屋の外に連れ出すのはさすがにどうかと思われたのだ。すらりと伸びた脚の内股には、親分の注ぎ込んだ精液が伝い落ちてきている。一刻も早く部屋に連れて帰ってきちんとしてやらないと、脩一まであてられてしまいそうだった。

簡単に袖だけ通させた着物ごと佳人を抱え上げる。

佳人は想像通りに軽く、脩一の鍛《きた》え抜いた筋肉質の腕で十分に離れの部屋まで運べそうだった。

すっかり書類に没頭している親分に一声かけてから、控えの小部屋を通り抜けて廊下に出た。

歩くときの振動が体に伝わるのか、佳人が少し身動《みじろ》ぎする。長い睫毛《まつげ》もピクピクと震えていて、今にも目を開きそうな感じだ。

こんなふうに抱きかかえられて運ばれているのを知ったら、佳人は嫌がるだろう。脩一は自然と足を速めた。

廊下の途中で折良く二之宮と行き合ったので、親分の意向を伝え、どうしましょうかと伺《うかが》いを立てる。二之宮は腕の中の佳人をチラリと一瞥《いちべつ》しただけで、事態を察したようだ。

「親父さんのところには俺が行く」

そう言うと、大股で行ってしまった。

佳人が通常使っている部屋は、離れの棟のうちでも一番奥まった位置にある。八畳程度の洋室だ。二面に窓があり、採光も十分のいい部屋だった。

脩一はシングルサイズのベッドに静かに佳人を下ろした。ギシリとスプリングが軋《きし》む。どんな物音も今は歓迎する気分ではなく、脩一は奇妙なほど神経質になっているのを自覚した。

このまま佳人が目を覚まさないうちに、体を拭き清めて退散したい。でなければきっとお互いに気まずいに違いなかった。

しかし、いったん部屋から出た脩一が、蒸したタオルを三本ほど用意して戻ってみると、佳人は気怠そうに上半身をヘッドボードに凭《もた》れさせ、起きていた。

ノックもなしに入った脩一と目が合う。

脩一は今さらのように焦って、微かに狼狽《ろうばい》した。

もうすっかり見慣れたはずの顔だというのに、初めて視野に入れたときと同じくらい当惑してしまう。二十七にもなるいい歳をした男が、と我ながら滑稽《こっけい》だ。

「正宗さん」

佳人は脩一に穏やかな眼差《まなざ》しを向けてきた。

「すみませんでした、ここまで運んでいただいて」

「ああ、いや」

「重かったんじゃないですか?」

「いや、そんなことはなかった」

それは正直な返事だったのだが、佳人はもう一度低い声で、すみません、と恐縮したように謝った。

気がついたのならば、この場は佳人に熱いおしぼりを渡して、脩一は退散するほうがいいだろう。親分に抱かれて失神してしまった挙げ句に、子分である脩一に世話を焼かれたりすれば、さぞかし屈辱と感じるに違いない。ゆっくりと一人になって休みたいのではないか、脩一はそんなふうに気を回した。

「大丈夫そうなら、俺は母屋に戻るが」

「はい」

佳人が気丈な瞳を向けてくる。

無理をしているようにも見えたし、言葉どおりに大丈夫なようにも見えた。どのみち、個人的に親しく口を利くことなど普段はまずない脩一に、表情の変化に乏《とぼ》しい佳人の本音がわかるはずもない。

佳人にタオルを渡そうと、脩一がベッドに近づくより先に、佳人のほうからベッドを下りてこようとした。

ところが、床に足を着けて立とうとした途端《とたん》、膝が崩れてそのままガクン、とフローリングの床にへたり込んでしまう。

脩一はすぐに佳人の傍《そば》に駆け寄った。

「おいおい」

どうやらさっきの返事は虚勢だったようだ。

脩一は佳人の腕を掴んで立ち上がらせながら苦笑した。

「ベッドに横になりな」

今度は佳人も強情を張らないで、脩一の言うことに従う。たぶん、これ以上の見栄はもっと恥ずかしさを増すだけだと諦めたのだ。

内股の汚れを拭ってやりながら、本当にほっそりとしているな、と脩一は感嘆していた。細いのだが、貧弱な印象はない。すらりと伸びた脚には綺麗に筋肉がついている。そのくせ肌理《きめ》細かくて色白で、なんとも言いようのない中性的な魅力がある。

付け根の際どい部分には鬱血《うっけつ》の痕が散らばっており、親分に責め抜かれた情事の濃密さを物語っていた。股間のものは佳人が自分の片手で覆い隠していたのだが、脩一が新しいタオルを広げると、観念したように軽く唇を噛みしめてから、脩一に対してさらけ出して見せる。

脩一はすぐにそこにタオルをあて、丁寧に清めてやった。卑《いや》しい意図は微塵《みじん》もなかったのだが、過敏な体はピクピクと引き攣《つ》るように反応した。そのまま奥にタオルごと指を潜《もぐ》らせると、もっと困惑した素振りを見せた。

もうこんなことには慣れているはずだろうに、と脩一はちょっと皮肉な目で佳人の俯けている顔を見やった。体を弄《いじ》り回される生活を強いられていても羞恥心だけは捨て切れないらしく、シーツを摑む指が微かに震えていた。

一度脩一に体を預けた以上、佳人はどんなに恥ずかしいことをされようと、甘んじて受ける決意をしているようだ。潔《いさぎよ》かった。

脩一が尻の奥に指を入れ、狭い筒の中に残されたままのものを掻き出す間も、僅かに顔を赤くしてじっと耐えている。

ときどき感じる部分に指が当たるのか、ぶるっと顎を震わせたり、細い息をついたりする。引き締まった腹が上下するのも、快感をやり過ごしているためだ。

その様子は脩一をどうにもおかしな気分にさせた。広げさせた脚は女にはない硬質な色香を放っている。脩一のするままにしどけなく身を任せておきながらも、心には立ち入られたくないと必死で拒絶しているぎりぎりの矜持がはっきりと窺《うかが》えて、同じ性の男を征服して自分の腕の中で泣かせてやりたいという欲求が募ってくる。なるほど、と思った。これは確かに、女を囲うのとは別の楽しみがある。

「あんたは、今年大学を卒業するんだったか？」

沈黙したまま作業を続けていると、そのうち理性のタガが外れそうな予感がしたので、脩一は思い切って佳人に話しかけてみた。

返事が返るかどうかはわからなかったのだが、佳人は脩一に興味本位で揶揄《やゆ》する気持ちなど毛頭ないと察してくれたようだ。

「そうです」

脩一は会話が続けられそうなことに安堵《あんど》する。

「後はどうするつもりだ？　親父さんの盃をもらうつもりか？」

「……もう少し研究を続けたい気持ちがあるので、院に入れるようなら、行かせてもらうことになっています」

へぇ、と脩一は目を瞠っていた。

さすがに親分がそこまでしてやるつもりだとは考えが及ばなかった。普通なら、借金のカタに囲った愛人を大学まで行かせてやるのも珍しいことではないかと思う。好きなだけ慰み者にしたら子分に払い下げるか、どこかに働きに出すか、せいぜいその程度だろうと思うのだが、なるほど、知れば知るほど親分の佳人に対する入れ込み具合はすごい。二之宮の危惧が脩一にもより身近なものに感じられてくる。このままでは古参《こさん》の幹部連中からも不満の声が挙がる可能性があった。

「正宗さんは……香西組に籍を置く方ではないんですよね？」

「あ、ああ」

よく知っているな、と脩一はびっくりした。

ろくに口を利いたこともないのに、名前はともかく、そういう縁組みのことまで把握している。脩一は佳人のことを侮《あなど》れない男だと感じた。見てくれだけにごまかされてはいけない。

下半身を整えたあと、胸板や背中を軽く拭いてやる。佳人は終始素直にしていた。誰に対しても従順なのだろうかと想像すると、むらむらしたものが込み上げる。しかし、親分がこうして可愛がっている愛人を裸のまま託すような子分が、そう何人もいるはずのないことを思い出し、これもある種の信頼と牽制《けんせい》なのか、と考え直す。

「あんたは、もう、天涯孤独か？」

両親はすでに自殺したと聞いていた脩一は、遠慮がちながら佳人の身上を探るような質問をしてしまう。佳人がどういう男なのか、もう少し知りたくなった。

気を悪くして答えないかとも思ったが、佳人は穏やかな目をしたまま脩一を真っ直ぐに見つめて口を開く。

「親戚はいるんですが、父の会社の倒産と同時にどこも手のひらを返したようによそよそしくなりました。ここにお世話になってからは一度も連絡したことがないので、自分の中では天涯孤独の身だと思っています」

「そうか」

たった十七でそんな境遇に落とされたのだと思うと、憐憫《れんびん》の情が湧いてくる。

脩一は慌ててそんな優しい気持ちを払いのけた。

世間からずれてしまい、外れ道を歩いて苦労してきたのは脩一も同じだ。ここに集まってきている大部分の連中も皆、大なり小なり不幸を味わってきている。べつに佳人だけが特別ではない。五年もの間親分の寵愛を受けて可愛がられてきた佳人など、むしろ甘やかされているほうだ。

新しい寝間着に自分から袖を通した佳人は、さっきまではしたない声を出して泣いていたのが嘘のように楚々《そそ》とした美青年ぶりになる。

長めに伸ばされたさらさらの髪を細い指で掻き上げ、少し俯きがちになったので、一人になりたいのだ、とわかった。

疲れ果てているのだろう。

脩一がベッドの傍から離れようとすると、佳人は何事か詫びるような、感謝するような感じの言葉を呟《つぶや》いた。

俯いたままなので表情はよく見えない。

脩一は詮索せずにそのままドアを閉めて出ていった。

ベッドの中で一人になった佳人を想像し、胸が締めつけられる。

なぜか、泣いているような気がした。

しかし脩一には佳人をどうしてやることもできない。

佳人は親分のものだし、脩一の身分はまだ一介の行儀見習いお預かり、の域を出ないのだ。

三年先どころか一ヶ月先すら不安定な身分だった。

*

一見自由な行動を許されているようで、その実佳人の周囲には常に監視の目が光っている。

「あれの親は結局二年後くらいに首吊って心中したからな」

黒いスーツを粋《いき》に着こなした二之宮が吐き捨てるような調子で脩一に言う。普段は冷静沈着そのものの彼も、いざとなれば勇猛果敢な振る舞いをする剛《ごう》の者として内外に有名な若頭だ。年の頃は香西とそう変わらないはずだが、上背があって痩せ気味な体型のせいか、まだ三十をいくつも出ていない程度に見える。

そっけない物言いをしながらも、二之宮は佳人自身にどんな感情も持ち合わせていないらしかった。二之宮の関心事は、香西組の安泰《あんたい》と、親分の安全だけなのだ。

「まぁ訃報が届いた当初からすれば、これでもずいぶんと監視も手抜きになってきたが、とにかく親父さんの執心ぶりが並じゃねぇからな。後追いされちゃたまらんと警戒したんだ」

「しかし、どうなんですかね、あと二年もすれば二十四とかそんな歳になるんでしょう。ちょっといい加減囲っておくにはトウが立ちすぎる気がしますがね」

「どうだろうな」

二之宮は庭木の小枝をパキンと折り、五メートルほど向こうを歩いている佳人に視線を据える。

佳人は一人で庭の散歩をしていた。

大学に行かないときの佳人は、たいてい庭先に出て外の空気を楽しむ程度にしか外出しない。あとは室内でジムトレーニングするか、読書するか、音楽を聴いているか、せいぜいそのくらいだった。香西が連れ出さない限りは積極的に門の外に出ようとはしないのだ。

「少なくとも親父さんは飽きるまであいつを手元に置くつもりのようだし、いずれは側近にでもするつもりじゃないかと大方は踏んでいるようだ」

「二之宮さんは反対なんですか？」

「ああ」

二之宮の答えはきっぱりしていた。

「俺ばかりじゃない、東雲会《しののめかい》の東原《ひがしはら》さんあたりも反対している」

「東雲会の……というと、あの次期川口組若頭になるだろうと言われている御方ですよね」

二之宮は深く頷《うなず》く。

本家の若頭候補が不賛成というのはさすがに初耳だった。東原辰雄《たつお》といえば直系組間でも名の通った大幹部だ。香西組で囲い者になっている愛人ごときのことをあれこれと心配するほど、香西とは縁が深いということになるのだろうが、彼の反対を押し切ってまで香西が踏み切れるのかどうかとなると、かなり難しいと思われる。

「あんななりをしていても筋者になれるだけの度胸と器量があるのは俺も認めるが、肝心の本人に極道になる気があるとは思えない。そういうやつを無理に引き入れても、組にとっても親父さんにとっても、いいことはないのさ」

確かに二之宮の言うとおりだと脩一も思う。

「そのうち堅気に戻してやるって手もあるんじゃないですか？」

脩一の差し出がましい言葉に二之宮はクククッと含み笑いをする。

「おまえ、もしかして惚れたか」

脩一は思わず言葉を詰まらせてしまった。

親分のオンナに懸想《けそう》しているような態度を見せた脩一を咎《とが》めるでもなく、二之宮は淡々として続ける。

「気をつけな。あいつにその気になった若いのは何人もいたが、皆親父さんにどやされてさんざんな目に遭《あ》ってるんだ。あれの世話を任されているうちは相当に信頼されている証拠だから、せいぜい身を慎んで務めに励むことだ。そうすりゃ今にそれなりの報いがある。上に上れば、好きなやつを手に入れるチャンスもそれだけ多くなるだろうよ」

「はい」

脩一は神妙に返事をする。

この世界は徹底的な縦社会だ。上の言うことは絶対と覚悟しなければならない。力を持つには一つでも上の地位に上るしかなく、二之宮の言葉には若頭としての含蓄《がんちく》があった。

二之宮が若い衆に呼ばれて母屋に戻ったので、脩一は引き続き一人で佳人の監視をすることになった。

佳人はずっとあてもなく庭を歩いている。

細い体に真っ白いシャツとジーンズを身につけていて、スタイルのよさがはっきりわかる。庭先にはツツジが生けてあり、鮮《あざ》やかなピンクや白の花を屈み込んで眺めるさまは、なかなか絵になる光景だった。

袖口を無造作に折り返して着ているシャツから伸びた手が、そっと慈《いつく》しむように花びらを撫でる。

こんなふうに優雅なひとときを過ごすのは、他に余暇を楽しむ方法を知らないからだ。知っていても、佳人には叶わないことが多すぎるのだ。

一般の二十二歳がどうやって遊ぶのか、脩一もよくは知らない。おそらく、車やバイクを乗り回してガールフレンドとデートしたり、パチンコやゲームなどの遊戯をしたり、酒を飲んで踊り狂ったりと、そんなことをしているのではないだろうか。

こうして花をじっくりと見て半時も過ごすような時間の使い方をするのは、佳人にとって幸か不幸か一概には決められない。佳人があまりにも特殊な環境に生きていることだけは確かだった。

こんな状況もいつか変わるのだろうか、と脩一は期待しているともしていないともつかぬ気持ちのまま考える。

たぶん、変わることは変わるだろう。

この世に不変なものはない。

ただ、どう変わるのかだけは脩一にもまだわからないのだった。

*

夜中に親分に呼び出されたとき、脩一の頭に一抹の不安が掠めたのは事実だった。

親分の居室にはいつものとおりダブルサイズの大きな夜具が敷かれている。部屋にいるのは親分と佳人だけではなく、二之宮と他に二人、全部で五人も人がいた。

異様な雰囲気はそれだけでも十分だったのだが、十二畳もの大きな部屋の中央に据えられた豪奢な夜具と浴衣姿の美青年は、あまりにも淫靡だった。

香西は夜具から離れた位置で、二之宮を相手に酒を飲んでいる。

脩一が部屋の中に進んでいくと、太い眉を上げ、動き具合によって二重になる肉付きのいい顎をしゃくり、平然として佳人を抱けと命令した。

「わたしが、ですか」

脩一の驚きは並ではなかった。

まさかこういう宴《うたげ》に自分まで同席させられるとは思わなかった。

佳人は夜具の枕元に正座している。顔を俯けて自分の膝頭あたりを見ているふうだったため、どんな顔色でいるのかは定かでない。どう転んでも嬉しい状況だとは思っていないだろう。

部屋の隅でニヤニヤといやらしい笑い顔を晒している子分どもの存在が、脩一には一番不快だ。

彼らは久しぶりに佳人の体を弄り回す機会に恵まれて、もうから股間を昂らせているようだった。

「たまにはおまえも楽しめ」

親分は野太い声でそう言うと、まるで心の奥を見透かすような鋭い視線を向けてくる。

脩一は膝の脇でぐっと拳《こぶし》を握りしめた。

試されている気がする。

ここで親分の命じるとおりに佳人を抱かなければ、佳人にほのかな気持ちを抱いていることを悟られてしまうだろう。

好きだから、大切にしたいから、こんな状況下で佳人を辱《はずかし》めたくないと思っている気持ちの正体を見抜かれてしまう。

一瞬、二之宮が親分に注進したのだろうか、と疑ったが、二之宮は決してそんな狭量《きょうりょう》な男ではないと考え直す。これはたぶん、純粋に親分の邪推から来た行動なのだ。

「わかりました」

脩一が硬い声でそう返すと、佳人の肩が僅《わず》かに揺れたのがわかる。

脩一は胸の内で佳人に謝ることしかできなかった。

こんなことを望んでいるわけではないが、最大限に自分に正直になるならば、抱きたいと思う気持ちは確かにある。

佳人にはなにをさせてもかまわないが、佳人の中に自分の抜き身を挿入することだけはタブーだ。つまり、あくまでも佳人は親分のものなのである。それさえ守れば、あとはどう責めてもいい、親分はいかにも好色そうな口振りでそう許した。

若い衆の一人が手元に淫具をずらりと並べた黒塗りの盆を用意している。

脩一はそれをチラリと目の隅に入れ、二人が当分は動く気配がないのを確かめた。きっと、彼らは親分が頃合いをみて脩一の手伝いに加えるのだろう。

脩一は覚悟を決めると、明るくされたままの部屋で、そっと佳人の肩に手を掛けた。

佳人がほとんど無表情で脩一を見上げる。その無表情は、無理をして感情を覆い隠して作り上げた無表情で、まるで仮面のようだった。

目を合わせたのは僅かの間だけで、すぐに佳人は脩一から視線を逸《そ》らしてしまう。

脩一は佳人の細身をかなり乱暴に夜具に押し倒すと、いきなり襟に手を掛けてバッと胸元を開かせた。

佳人が軽く息を呑む。

まさか脩一がこんなに性急にことを進めるとは意外だったらしい。脩一自身、自分の心の奥に潜《ひそ》んでいた欲望の強さに驚いている。

佳人の白い肌が、脩一の理性を脆《もろ》くする。

脩一は佳人の胸に唇を落とし、遠慮なく赤い粒を噛んでは吸い上げた。

「あっ、あ、あ」

佳人が頭を振って喘ぎだす。

思った以上に体は慣らされている。特に胸の感じ方は顕著《けんちょ》で、これまで施されてきた様々な手管を受けて開発され尽くした感があった。唇で啄《ついば》む程度の愛撫にも過敏に腰を揺らす。触れただけで息を荒くする。脩一の股間はあっというまに張り詰めた。

「うっ、う……う」

膨《ふく》らんで充血している乳首を指で擦り潰すようにしながら、これほどの艶めかしさがあれば、男も女も関係ないのだなと悟らされていた。豊かな柔らかい胸などなくてもすでにたいした問題ではない気がするのだから不思議だ。脩一は自分の節操のなさに呆れつつ、これは相手が佳人だからだと、胸中で言い訳したりもしていた。

男の体を組み敷いていても、脩一の勃起は少しも萎《な》えないし、それどころかむしろ痛いくらいに狭い布地を突き上げてくる。これを慰める手段といえば、佳人の唇に含んでいかせてもらうしかないのだが、それはかなり躊躇う。佳人の気持ちを考えれば、自分が我慢するべきだという気もした。

上半身がすっかりはだけた着物は、帯で腰に留められている。愛撫に感じて堪え切れないように脚を動かすせいで、白い臑《すね》から太股のあたりまで裾も乱れていた。

脩一は佳人の胸板に軽い口づけを落としつつ、裾の方から手を入れて佳人の脚の付け根を摑んだ。

ひくっ、と尖った顎が仰け反る。

佳人は下着をつけておらず、脩一は直に昂りを手の中に握りしめていた。

胸の刺激だけで勃ち上がっている陰茎は、佳人の羞恥と屈辱を煽《あお》ったようだ。

脩一はしばらく着物の下でそれを弄り回していたが、二之宮がわざとらしい咳払いをしたので、粗相をした心地でヒヤリとした。

親分のねっとりした視線を感じる。

二之宮は、親分というギャラリーがいることを念頭に置いて佳人との行為を続けろ、と注意しているのだ。

ここは望まれているとおりの役目を果たすしかない。

脩一は、腰まで捲れ上がった着物をさらに引き上げ、佳人の股間を露《あらわ》にさせた。

佳人は観念しているらしく抵抗しなかった。しかし、切れるのではないかと思うほど唇を噛みしめたので、相当辛い思いをしているのは想像に難《かた》くない。

「よせ。……傷がつく」

脩一は陰茎を指の輪で扱《しご》き上げながら、耳元で囁くように佳人を諌《いさ》めた。

佳人が潤んだ目で脩一を見る。

潤んで充血していても、しっかりした意志を持った、気概のある瞳だった。

ああ、こいつは男だな、と思う。

どんなに綺麗で従順そうにしていても、佳人は確かに抱かれるだけが能の人形とは違った存在で、そこが脩一を満足させた。

こんな目をしているのなら、脩一ごときが何かしたところで屈しはしないだろう。

脩一は佳人の両の太股を持ち上げて膝で折り曲げたまま布団に脚を立てさせると、尻の穴が開いて見えてしまうほど大きく股を開かせた。

「ほほう、これはいい」

向こうで親分が面白そうな声を出す。

マルクスやレーニンなどの著書を読み、茶道に書道に香道にと、いっぱしの風流人顔負けに嗜《たしな》む反面、野獣のように粗野で好色な一面も併せ持つ親分である。きっちりと襟を正して着こなしている大島《おおしま》の下には、赤黒く怒張した欲望の固まりが隠されているのかと思うと、脩一はぞっとしてくる。

こうして脩一の腕の中で喘がされ、控えて待ち構えている子分どもに淫具で責められ、挙げ句の果てに佳人が受け入れさせられる欲望がそれなのだと考えると、たまらなかった。

しかしこんな営《いとな》みは、すでに五年もの間何度となく繰り返されてきていることなのだ。

「ああう、うっ、あ」

脩一が指の動きを速くすると、佳人の喘ぎ声も高くなっていく。

わざと帯を解かないまま放置してある着物が、全裸よりももっと色気を感じさせる。

脩一の指は佳人の零《こぼ》す先走りで濡れてきた。

鈴口に滲む粘液を親指の腹で亀頭全体にぬめぬめと塗り込め、もう一方の手の指をそっと後ろの襞に這わせると、佳人の腰が引き攣ったように反応する。

舐めて濡らした人差し指は、慎重な挿入でみるみるうちに佳人の中に埋まっていく。

「あ、あ、あぁあ、いや」

狭い筒の中は熱く湿っていて、脩一の指を貪欲に締めつける。

ここに股間で脈打っているものを入れたらどれほど気持ちがいいのか、想像するだけでも生唾が出てくる。あいにくそれは許されていないが、脩一の勃起は耐え難いほどに膨らみ切っていた。

脩一は佳人を起き上がらせると、ズボンの前を開き勃起を外に出した。

「舐めな」

佳人に命じながら横目で親分と二之宮を見る。ちょうど親分が二之宮に何事か耳打ちしたところだった。二之宮が畏まり、隅にいる子分に顎をしゃくる。

脩一は佳人の腰の帯を解いた。

濃い緑の寝間着を剝《は》いで白い肢体が丸見えになる。

そのまま布団に胡座《あぐら》を搔いた脩一の股間に這い蹲《つくば》らせて、口淫させる。

佳人の尻はまともに親分の視線に晒されている形になっていた。

そこに二之宮に命じられた子分二人がいそいそとやって来て、それぞれの場所につく。

一人は佳人の尻に手を掛け、もう一人は脇から胸の尖りを探り当て、指で引っ張るようにして確かめる。

「んんっ、んっ、ん」

佳人は脩一のものを口いっぱいに受け入れたまま、くぐもった声を上げた。

描いたように美しい眉が寄せられ、しっかりと閉じられた瞼の際に涙の粒が浮いている。

脩一は思わず佳人の綺麗な髪を撫で、頰や額を優しく指先で愛撫していた。絶妙の舌使いを受けている股間の気持ちよさは比類がなく、油断するとすぐにでも気をやってしまいそうだ。しかし、あまり早いのも男としての見栄が許さない。結局それは佳人を苦しませるだけだとわかっていながらも、譲《ゆず》れなかった。

子分たちはこんな行為に慣れていた。

胸を弄り続ける男は、淫具の盆に一緒に載っている缶入りのクリームをたっぷりと指に掬《すく》い取り、それを佳人の乳首に擦りつけ、見ているだけでもゾクゾクしてきてしまうほど執拗《しつよう》に指で弄り続ける。引っ張り上げたり捏《こ》ね回したり擦り潰したり、何度も何度もクリームを足しながら、そこだけを集中して責めるのだ。

「へへっ。いいか、おい」

男は舌なめずりしながら行為に没頭していた。

佳人の喘ぎは、直に脩一の股間に伝わってくる。

「ああぁっ、いやっ、あ……んんっ」

胸をむごく弄り回される刺激に堪えかねては唇を離して喘ぎ、そしてまた脩一を銜え直してはくぐもった悲鳴を上げる。その繰り返しだ。

その間、尻の穴を弄る男も容赦なしだった。

こちらも同じようにクリームを指に取って、まずは丹念に襞の一本一本に塗り込める。そうやって徐々に内側までたっぷりと濡らしていくのだ。

これがなにか催淫効果のある淫靡な薬らしいと気づいたのは、しばらくしてからだった。佳人の吐く息が次第に熱を帯びて辛そうになり、頬が紅潮している上に、腰を揺すって太股を震わせている状態が不自然で、もしやと感づいた。

「もういい。終わらせろ」

せめて口だけでも自由にしてやりたくて、脩一は佳人の耳元に低く囁いた。

佳人にもさすがに虚勢を張る余裕はないらしく、素直に首を頷かせ、脩一の亀頭を強く吸い上げてきた。

一瞬、快感に眩暈がする。

溜まっていたものが、佳人の喉めがけて噴出した。

佳人は脩一の吐き出したものをそのまま嚥下《えんか》し、最後の一滴まで舐め取ってくれる。

男たちはへへへ、と羨ましそうな笑い声を洩らしていた。いかにも卑屈《ひくつ》な笑い方で、これは明日にでも廊下で擦れ違えば嫌味を言われるな、という感じだった。たぶん、子分たちの中でも佳人にここまでしてもらったことがある者は少ないのだろう。

脩一は佳人の濡れた唇を親指の腹で拭ってやりながら、愛しさが込み上げてくるのを感じて困惑していた。

「んっ……う……」

唇の隙間を突くようにして、艶めいた声が零《こぼ》れてくる。

佳人は絶え間ない胸と尻の窄まりへの淫虐《いんぎゃく》に、長い睫毛を震わせながら耐えている。口元に添えられた脩一の指を含んで舌を絡ませるのは、どうにかして声を殺したいためだろう。

脩一は佳人の頭を膝の上に凭れさせ、さらさらの髪に指を通していた。頭皮までもしっとりと汗ばんでいる。過敏な体は過度の快感に苦しそうだ。脩一が指先で宥《なだ》めるように愛撫すると、少しだけ楽になったのか、肩から力を抜く。脩一はそれを見ると、単なる気休めでも安堵した。

佳人の強いられている姿は、相当に恥ずかしいものだった。膝立ちの姿勢で高く掲げさせられた尻を、親分と二之宮が酒盛りしている真正面に向けて突き出し、子分に入り口を解される。胸には別の子分が専属でかまっていて、一時たりとも佳人を休ませない。

シーツを握りしめている指の関節は白くなっていて、佳人が必死に力を入れて我慢しているのがわかる。どうにかして気を紛らわせてやりたいが、脩一にできるのは、髪や額、頬などを優しく撫でてやる程度のことしかない。

親分の咎めるような視線を感じて、脩一は佳人の顔を上げさせた。

また頭を擡《もた》げてきていた股間を口に含ませる。

佳人は辛そうに喘ぎながら、もう一度脩一の欲望を満足させるために舌を使いだす。

「正宗、どうだ佳人は」

親分が盃を口に運びながら声をかけてきた。

「はい……最高です」

「そうだろう。たっぷりと楽しませてもらうがいい」

股間からじわじわと湧きだして背筋を這い上がってくるような快感に、脩一は呻き声を上げそうになる。

傍らの子分が脩一の表情を見て、癪《しゃく》に障《さわ》るとばかりに舌打ちした。佳人の背後にいる男は、あからさまに憎らしそうな目で脩一を睨《にら》んでいる。

二人にしてみれば、指を銜えて見ているだけなのだから、さぞかし恨めしいことだろう。親分も酷《こく》なことをさせるものだ。

悔しさからか、尻の狭間《はざま》を弄っていた男が、とろとろに解していた窄まりに、ごつごつとした隆起のあるいびつな形の淫具を挿入する。容赦なくいっきに奥まで貫いたので、佳人はうう、と呻いて涙を零した。

口に含んでいた脩一のものにも軽く歯が当たる。痛いというより適度な刺激になって感じられ、脩一としては悪くはなかった。佳人は狭い筒を強引に押し拡げられた衝撃に慣れず、しばらく体を強張らせていた。

「ほら、もっと泣いてみせな」

背後の男が意地悪な顔つきで佳人の尻を撫で回し、無理に挿入したものをさらに抜き差しして動かす。中が十分に濡れているためか、出し入れのたびにぬぷぬぷといやらしい音がする。それに佳人の啜り泣きが入り交じり、淫ら極まりなかった。

胸ばかりを責めるのに飽きたらしい子分が、今度は佳人の陰茎に的を替える。彼のねちっこいやり方を佳人は身震いするほど嫌っているようで、茎に手を掛けられた途端、哀願するような声を上げて身を捩《よじ》っていた。

「口がお留守だぞ、佳人」

離れた位置からすかさず親分の叱責が飛ぶ。

「いや、あっ」

「銜えろ」

親分の機嫌を損ねるのは佳人のためにも脩一自身のためにも得策ではない。脩一は佳人の口を開かせて、口淫を続けさせる。

「うう、う……んっ」

可哀想だったが仕方がなかった。

悔しいが、今の脩一にはどんな力もないのだ。

妖《あや》しい宴は大詰めに来ていた。

親分が座椅子から立ち上がって布団に上がってくる。そして背後の男をまず退かせた。

「どうだ佳人。そろそろ儂のもので突いて欲しくなったか、ん?」

「あああっ」

親分の手で乱暴に異物を引き抜かれ、佳人は尖った悲鳴を上げた。

「こんなものくらいでそんなに悦ぶんじゃない。真っ赤な襞を捲れさせて、はしたない」

「あっ、あ」

「中が疼《うず》くだろうが。ここに挿《い》れて欲しいか？」

太い指を二本一緒に捻り込みながら親分は佳人の反応を楽しんでいる。狭い筒の内部を抉るように指を動かしているのが脩一にもわかった。佳人はとても脩一のものをじっと銜えておとなしくしていることができないようで、ひっきりなしに喘いでは嗚咽を洩らしている。

おまえももう下がれ、と佳人の勃起を責めていた子分にも親分が命じたので、脩一も気を利かせて体をどけようとした。

「正宗はそのままでいい」

親分が含みのある目つきで脩一を見て止める。

「しかし」

「佳人、正宗をもう一度いかせろ。いかせるまではおまえのここはお預けだぞ」

腰の前に回した手で弱みを握りしめられ、佳人はひくっと喉を喘がせた。眉根が寄って、辛そうなのが如実《にょじつ》にわかる。脩一は胸が締めつけられるような思いを味わった。

「べとべとに濡らしているな。よしよし、可愛いやつめ」

「ん、あっあ、あ」

「いつもはもっと乱れてみせるだろうが。それとも正宗みたいな見映《みば》えのする若いのが一緒だと恥ずかしいか」

「いいえ」

佳人に首を振って否定されると、脩一はほんの少し傷ついた。

脩一の気持ちが佳人にも通じたのか、佳人は脩一のものを喉の奥まで迎え入れ、丁寧に舌を這わせる。まるで、すみません、と謝られているような、優しく丁寧な仕草だ。脩一にも佳人の心情が伝わってくる。佳人は脩一の迷惑になりたくないのだ。

親分がフン、と鼻を鳴らす。なにか言いたそうにしていたが結局口にはせず、おもむろに指を抜くと、着物の前を開いて佳人の細腰にのし掛かった。

肉付きのいい親分の腰が、佳人の尻に押しつけられる。

隆起した太いもので後背位から貫かれた佳人は、堪え切れずに脩一から唇を離して泣き声を上げた。

「あぁあ、あ、あっ、いや」

「いやじゃないだろう。素直になれ、ほら」

「あっ、あああっ」

肉のぶつかり合う音が激しくなる。

佳人は泣きながら脩一の股の間にしがみついている。

熱く乱れた息がかかるだけで、脩一は快感を覚えて昂奮《こうふん》した。

親分も佳人に夢中になっている。

淫乱さを詰《なじ》るような言葉を効果的に吐いて佳人の羞恥を煽りつつ、どんどん奥を責めていた。

細い体を乱暴に揺すられ、いいところを擦られると次第に切羽詰まった声が出るようになる。

佳人の乱れぶりは凄まじく、もうなりふりかまっていられない状態なのがわかった。

もっとこの綺麗な男が乱れて落ちるところが見たい。

脩一は熱を持ったままの股間を佳人の唇に押しつけ、腕を胸に回した。

佳人は喘ぎながら、必死で脩一の亀頭を吸引する。

脩一が充血して勃ったままの乳首に指を使うと、自分から腰を揺すって親分を呻かせる。

「そうだ、いいぞ。正宗、もっと続けろ」

もう、脩一も自分の欲望に抗《あらが》えなかった。

佳人を気の毒に感じる気持ち以上に、彼がめちゃくちゃにされる姿を見たい欲求がある。一度それを自覚したら、止められなかった。

「もっともっと、可愛がってやる。まだおまえは淫乱な振る舞いができるはずだ」

親分も何かに取り憑《つ》かれているような、熱に浮かされた興奮状態になっている。

夜はまだこれからなのだ、と脩一は思った。

いつのまにか子分二人は部屋から出されている。部屋の隅に正座している二之宮が親分に呼ばれ、いやらしい形をした電動の玩具を手に持って近づいてきたのは、脩一が佳人の口に二度目を吐き出した直後だった。

＊

五年が過ぎた。

脩一は香西組の盃を受け直し、正式な組員になっていた。香西の組長に気に入られて、格下になる中里組から引き抜かれたのだ。中里組もこの縁を大事にしたいらしく、諸手《もろて》をあげて喜んでいた。

香西の親分が脩一を気に入ったのは、なにもあの夜の淫蕩《いんとう》な交わりのせいではなく、以前からずっと使える男だと目をつけてもらっていたためらしい。脩一はそのことを後に二之宮から聞かされた。

相変わらず親分は、並み居る愛人の中でも、格別佳人に執心していた。

二十七という年齢になっても、佳人の美貌は衰《おとろ》えておらず、むしろ色香が増して年齢不詳の艶《あで》やかさを全身に纏《まと》わせているほどだ。

親分の心積もりでは、大学院の修士課程を終わらせると同時に、盃の儀式を執《と》り行うはずだったらしいが、周囲の軋轢があり、事を急いて進めるのは芳《かんば》しくない状態だった。

予想通りに本家の若頭になった東原を始め、ないがしろにできない重鎮たちが、こぞっていい顔をしていないからだ。

そのために佳人の立場は非常に中途半端なままだった。

時折組員に経済学や語学の研修をしたり、帳簿の監督をしたりして手伝うほかは、ずっと本宅の離れでおとなしくしている。

脩一は、果たしていつまでこんな状態が続くのかと、気がかりでたまらなかった。

今に何か、とても大きな事件が起こる、そんな予感がして心が落ち着かないのだ。いい予感なのか悪い予感なのかはわからない。ただ、虫の報《しら》せとでもいうような、そんなむずむずした感じのものだ。

佳人は脩一に対して決して頑《かたく》なな態度を取ったりはしない。

あれ以来何度か夜の淫らな席に侍らされ、佳人の綺麗な泣き顔を間近に見る機会があったが、昼間廊下で行き合っても、そんな関係がなかったときと同じように、無表情に近い取り澄ました顔で丁寧な会釈《えしゃく》をしてくれる。

佳人の場合それは、厚顔無恥《こうがんむち》というよりも、プライドの高さゆえの虚勢だった。芯が強いというのは、きっとこういうことを言うのだろう。脩一はそう思う。

むしろ畏縮しがちなのは脩一のほうだった。

佳人の凜《りん》とした姿を見ると、己の欲望の激しさと卑しさを思い出し、声をかけるのも躊躇われてしまう。佳人に軽蔑されているのではないかと思い、居たたまれなくなるのだ。引け目を感じるから少しも堂々としていられない。

たぶん、佳人は脩一のことなど歯牙《しが》にもかけていないだろうに、勝手に緊張する自分が滑稽だ。

それでも一度だけ、庭園を歩いていた佳人と会ったとき、思い切って聞いてみたことがある。

「あんたはこのままでいいんですか、佳人さん」

佳人は複雑そうに悩む顔をしながらも、静かに落ち着いた声で、自分にもわからない、と答えた。

「心に大きな衝撃を受けたら、そのときはきっとどんな無謀《むぼう》でも通すかもしれないですが……今はまだ、そういう情動がないんです」

恐い返事だった。

脩一は佳人の中に潜む激しさを垣間見せられた気がして、背筋に冷たいものが走り抜けるのを感じた。

だてに極道の間で十年も過ごしてきたわけではないのだな、とあらためて舌を巻く思いだった。

そういえば、佳人の中にはもう、十代の頃の不安定さや折れてしまいそうな華奢な印象はほとんど窺えない。盛りに入った男らしく弾力のある美しい肢体をしているし、昔はまだ女性的に感じられていた顔つきも、しっかりした大人の男のものになっている。男とも女ともつかぬ曖昧《あいまい》なところが取り払われたおかげで、しっかりとした男なのに麗人、という見方は、さらに美貌に凄みを加える。これほど美しい男というのはめったにいないのではないかと思われる。

こんなふうにしていても、いざとなったら自分の大事なもののために平気で命を張るのだろう。

脩一には佳人の強さと潔さが羨ましい。

同時に、このままずっとここで飼い殺しにされているだけの器ではないのだと、ひしひしと感じるのだ。

*

「娘がいない！」

「逃がしやがった！」

邸内が大騒ぎになったのは、まだ桜の蕾《つぼみ》も硬い時分のことだった。

娘というのは、一週間ほど前に親の借金のカタに引き連れられてきていた女子高生のことだ。不器量な娘で、見張りの若い衆も「食指も動かねぇ」などと軽口を叩いてばかにしていたふうだった。当然美形好きの親分の眼鏡に適《かな》うはずもなく、近々ソープかなにかに売られるはずのところだったのだ。

身の振り先が決まるまでの間、二階の洋間に閉じ込めてあったのだが、暇さえあればめそめそと泣いていて、見張り番の若い衆たちをうんざりさせていた。

逃がしたのは佳人だった。

佳人は二之宮に追及されると素直に認めた。たいした肝の据わり方だと二之宮が苦笑いしたくらい潔い態度だった。

親分の怒りは凄まじかった。

これまでずっと、どんなことにも耐えて逆らった態度を見せなかった佳人が、十年目にして初めて反旗を翻《ひるがえ》すような真似をしたのだ。

娘が組にとってどのくらいの価値があったのかが問題なのではなかった。

周囲が鼻白むほど寵愛して大事にしてきた愛人に、今になって楯突《たてつ》かれた、それがどれだけ親分の立場と見栄を傷つけ、男を下げさせたのかである。

脩一には、なぜ佳人がそんなことをしでかしたのかわかる。

娘は、佳人が親分の許に連れてこられたときと非常に似た境遇にあったのだ。

男である佳人自身はどんな凌辱《りょうじょく》にも耐え抜いて踏ん張ってきたが、このお嬢さん育ちの娘にはとうていそんな真似はできそうにない、そう思うと、逃がしてやらないではいられなくなったのだろう。

落ちて落ちて地獄の底まで行ってしまった哀れな連中の末路を、佳人は嫌と言うほど知っているはずだ。

佳人の冷えた感情を揺り動かしたのが、一人の不器量な娘だったというのが意外だったが、佳人は前に脩一に言っていたとおり、体を張って自分の心の命じるままに行動したのだ。

二之宮がどんなに酷く折檻《せっかん》しても、佳人は決して娘の居所を吐かなかった。

本当は、香西組の力をもってすれば、高校生の娘の隠れ先一つぐらい、探し出すのはわけないことだ。親分がそれをしなかったのは、佳人を懲《こ》らしめるためと、反省の言葉を聞きたいためだけに違いなかった。

親分もまだ佳人を手放したくないのだ。

どうにかして詫びを入れさせ、二度と逆らわないと誓わせたいばかりの仕打ちだった。

おりしも、三月なのに雪が舞い落ちている奥庭で、佳人はずっと仕置きされていた。

このときにも脩一にできることはなにもなく、ただ邸内の子分たちを取り仕切りつつ、佳人の身を案じているしかなかった。

これが、少し前から脩一が感じていた虫の報せだったとすれば、佳人の行く末は悲惨な予感がするばかりで、脩一は苛立ちと焦燥《しょうそう》を感じながら事態を見守っていた。

なんでもいいから、一言、悪かったと謝ってほしいと痛切に思う。佳人のプライドと強情さが憎らしい。裏切り者への制裁の激しさを、佳人はどこまで理解しているのかと怒鳴りつけてやりたかった。

今の今まで何不自由なく一流の暮らしに慣れさせられてきていた佳人が、体一つで放り出されたらどうなるのか、考えたくもない。

脩一はその日一日、どうにも落ち着かなかった。

そんな中、午後になって早々に事態は動いた。

「お、親父さんがお戻りです！」

若い衆が脩一の許に駆け込んできて、緊張した面持ちで報せる。

脩一は急いで出迎えに立った。

組事務所から急に戻ってきたのは、佳人のためだろう。

「それが、ほ、本家の若頭もご一緒で……」

「東原さんが？」

「はい」

いっきに胸騒ぎが強まる。

ずらりと整列して親分を出迎える列の最前に着くと、黒塗りの大きなベンツから三人の男が降りてきた。

親分と、東原、そしてもう一人、脩一の初めて見る男が続く。

最後の男は、めったにないほど整った顔つきをした、脩一とそれほど年格好も変わらない人物だ。精悍《せいかん》な顔に鋭い目つきの、一目で只者ではないと思わせるような雰囲気がある。ただし、極道者ふうではなかった。堅気の遣《や》り手実業家、そんなところだ。

「二之宮はどこだ」

親分がずんずんと廊下を歩きながら脩一に聞く。

「奥庭です」

脩一は三人の後ろに従いつつ、すぐに答える。

親分の機嫌は相当悪い。

どうやら、いきなり帰宅したのも自分の都合ではなく、東原を断れなかったからのようだ。何があったのかはわからないが、本家筋の川口組が口出ししてくるような大事になっているとは意外である。

三人が応接室に落ち着いたので、脩一はすぐにお茶を淹《い》れて持っていく。

せっかちな東原は高級な玉露《ぎょくろ》をあまりにも無造作に飲んでしまうと、傍らの男に声をかけた。

「そろそろ庭に出てみようじゃないか、遥《はるか》」

遥、と東原に親しく呼びかけられた男が、ゆっくりと頷く。

脩一はこの瞬間、どう説明しようもない、確信に近い予感を胸中に膨れ上がらせていた。

この男と佳人の間には、誰にも邪魔できないような、なにか絶対的な絆がある気がした。東原にも似た威圧感と大物ぶりは、佳人を守りかつ対等に渡り合っていくのに相応《ふさわ》しい気がする。

佳人はこの男になら惚れるのではないだろうか。

少なからぬ羨望《せんぼう》を感じつつ脩一は思う。

佳人が誰かに惚れるとどうなるのかが見たい。あの心の奥底にちろちろと灯っている小さな炎が、どれほど情熱的に燃えるのか、見たいと思った。

東原を先頭に、三人が庭に下りていく。

いつにも増して不愉快そうな表情をしている親分にも、脩一が感じているのと似た予感があるのかもしれない。親分にしてみれば、それは絶対に嫌な予感のはずだった。

残念ながら、その後庭先で何が起きたのか、脩一は知らない。

ただ、予想に反せず、佳人はその日の午後を境に美貌の男の許に引き取られ、二度と香西の屋敷には戻ってこなかった。

＊＊＊

季節は夏の終わりになっていた。

所用で街中に出ていた脩一は、地下駐車場のエレベータホールにいた。

上階から下りてきたエレベータが、軽い音をさせて到着する。

扉が開いて、中から二人の男が出てきた。

惚れ惚れするような体型をしたスーツの似合いすぎる美丈夫と、ほっそり優美な肢体をした美青年である。

後から降りてきた美青年の顔を見た途端、脩一は目を瞠っていた。

「佳人さん」

「あ、正宗さん」

ほとんど同時に佳人も気がついたようだ。

前にいた男が、じろりと振り返る。

彼は脩一と視線が合うと、僅かに目を細め、ああ、と納得した表情になった。驚いたことに、あのときチラリとしか顔を合わせていないはずの脩一を覚えていたらしい。

佳人は元気そうだった。

何を着ても似合う男だったが、夏物のきっちりと仕立てられたビジネススーツ姿は最高に佳人の美貌を引き立たせている。眩しいばかりの白いシャツとネクタイがなんとも禁欲的で、かえってそそられる。

半年ぶりに見た佳人は以前よりさらに美しく、生き生きとしていた。

きっと、この男と幸せにしているのだ。

それさえわかれば十分である。

脩一は会釈だけして佳人と別れ、エレベータに乗り込んだ。

His Secret Affection 2

急な来客があって、書斎に遥《はるか》を一人残したまま小一時間ほどして戻ってみれば、遥はソファの背凭《せもた》れに頭を預けたまま眠り込んでいた。

東原辰雄《ひがしはらたつお》は思わず頬の筋肉を緩めて微苦笑を浮かべ、やれやれという気分で溜息をつく。せっかく遥を自宅に呼び寄せて寛いでいたというのに邪魔が入り、応対している間ずっと苛々していたのだ。それなのに当の本人はその隙に無防備にも寝込んでしまっている。

東日本最大の広域指定暴力団と称される川口組《かわぐちぐみ》若頭にこんな無遠慮な態度をとれる男は、そうそういない。

東原は、非の打ち所のないほど整い切った顔立ちをした男の寝顔を見つめ、その肝《きも》の据わり方に舌を巻く。

思えば遥は最初からそうだった。

東原が黒澤《くろさわ》遥と知り合ったのは四ヶ月ほど前のことだ。引き合わせ役になったのは国会議員を務める某政治家で、見所のある面白い男だ、と東原に遥を紹介した。

実際、三人でゴルフクラブ片手にラウンドしている最中からすでに、東原は遥を気に入ってしまっていた。

初対面の相手がヤクザの、それも大幹部だと知ってなお平然としていられる人間はそれほど多くない。万事遠慮がちになるとか、顔色を窺《うかが》ってくるとか、とにかく落ち着かなくなるものだと思っていた。

しかし、遥は見事なまでに態度を変えなかった。

どうぞよろしくお願いします、とゆっくりした口調で挨拶《あいさつ》し、東原の握手に躊躇《ためら》いもなく応じた。

それでもまだ東原は、プレイに入れば虚勢かどうかわかるだろうと意地悪にも品定めする気でいた。しかし、遥は微塵《みじん》も動揺することなく、小気味よいばかりにバネの利いた体で球を飛ばしてみせたのだ。

こいつは只者じゃない、と感じた。

もちろん、二十九の若さですでに会社をいくつも興《おこ》し、それぞれに業績を上げている男、というからには、元々只者であろうはずがない。

東原は同時に、瞳の持つ強いパワーに魅《み》せられた。

遥は一見すると冷ややかで物事に動じない落ち着き払った目をしているのだが、ふとした拍子にその目の中に激しい情熱と飢えとを見せるのだ。それが東原の興味を引いた。

まだまだ現状に甘んじるつもりは毛頭ない貪欲さ、野心の大きさ、そしてある種の冷酷さ。

東原は自分と同類だという匂いをあちこちに嗅《か》ぎ取り、遥に対して激しい親近感を覚えたのだ。

遥のことをずっと見ていたい。

自分が高みに上るのと同じくらい、遥が辿り着く場所に興味がある。

そしてもっと言うならば、遥に上を極めさせてやるために、自分が役立つことがあるのならばなんでもしてやりたいと思うのだ。

男惚れ、という言葉があるが、東原はまさに遥に対してそういう感情を持っていた。

その気持ちはまた、遥の生い立ちを知れば知るほどに強くなってくる。

遥は本当に自分の腕一本でどん底から這い上がってきた類《たぐ》いの人間だった。

なにも東原が裏ですべて調べ上げたわけではない。

遥は自分の過去を特に隠す気などないらしく、聞けばあっさりとたいていのことは口に出す。

一度だけ、もう何年も前に亡くなっているという弟の話になったときだけは黙り込んだことがあった。東原は以降その話題には触れていない。本人が言いたくないものを無理に聞き出そうとは思わない。調べればそれほど苦もなく事情を知れたのかもしれないが、あえてそれもしなかった。

東原は穏やかな寝息を立てて眠り込んでいる端整な男の顔を真上から覗《のぞ》き込み、このまま寝かせてやるべきかどうかしばし考える。

毎日の激務で疲れ果てているのはよくわかる。

しかし、東原の本音としては、せっかく一緒に過ごせる稀《まれ》な機会をそうそう諦めるのも癪《しゃく》だった。忙しいのはお互い様だ。今夜遥と会えたのは二十日ぶりになる。

「おい」

低い声で呼びかけて、スーツを着込んだままの肩に手を掛けようとしたとき、遥は唐突に目を開いた。

「ああ……辰雄さん」

声に少しだけ怠そうな感じが混じっているが、瞳のほうははっきりと覚醒《かくせい》している。

東原は遥に向けて伸ばしかけた手を引っ込めると、そのままゆっくりとテーブルを回って向かいの椅子に腰を下ろす。遥も背凭れから頭を起こし、姿勢を正した。

「すまんな。せっかく来てもらったのに、つまらねぇ用件で叔父貴に邪魔されちまって」

「先方はもうお帰りになったんですか」

「ついさっきな」

そっけなく言い捨ててから東原はまた立ち上がり、キャビネットを開けた。中には年代物のウイスキーやブランデーが何本も並んでいる。

「疲れているようじゃねぇか」

「そんなこともないんですがね」

フン、と東原は素直でない遥を笑う。普段ならば主のいない間に眠ってしまうような不調法をする男ではないと承知している。そのくらい疲労が溜まっていたという証拠だ。遥のこういう意地っ張りな面にはもう慣れっこになっている。

バカラのグラスに無造作にブランデーを注ぎ、遥に差し出す。

遥は、どうも、と言いながらそれを受け取った。

「今夜は泊まっていけ」

東原が半ば決めつけるように言うと、遥は僅《わず》かに眉を動かして逡《しゅん》巡《じゅん》する様子を見せた。だがそれもほんの一瞬のことで、すぐに頷《うなず》く。

「お言葉に甘えさせてもらいます」

「明日は休めるのか?」

「ええ。日曜だし、たまにはゆっくりするのも悪くないでしょう」

「そうだな。おまえさんはちょっと働きすぎだ」

「仕事をしているときが一番落ち着くんです。いささか分不相応な自宅も建てていますしね」

遥はまた描いたような眉を寄せ、呟《つぶや》くように言う。

「分不相応とはまったく思わねぇが、正直、おまえさんが一軒家を持つ気になるとは意外だった」

いったん言葉を句切り、東原は探るように遥を見る。

「ひょっとして、一緒に住む相手がいるのか?」

「俺に、ですか」

遥が軽く目を瞠《みは》ったところを見ると、どうやら予想外の質問だったらしい。

「今のところそんな予定はないですね。俺は一人のほうが気楽です。恋人どころか、ここ何年間かはプライベートで会ったことのある相手すら数えるほどしかいない」

「遥、もしかしておまえさん、女に興味がない口か?」

「さぁ、どうですかね」

遥は狼狽《うろた》えもせずにさらりとかわしてしまう。

「かといって男に興味を持ったこともないですからね」

「そうか」

東原はなぜか少し落胆した。

遥ほどの容貌の男なら、学生時代に一度くらい男を経験していてもそれほど意外性はないと思っていたが、どうやらそんな経験はしなかったらしい。

中学時代は貧しい親戚の家で肩身の狭い思いをしながら過ごし、高校と大学は勉強とバイトに明け暮れていたという遥だ。部活動をするような余裕はなかっただろうし、人付き合いも最低限に抑えていたのだろう。

東原の返事になにか含みを感じ取ったのか、遥は口元を緩め、面白そうな顔つきになる。

「辰雄さんこそどうなんです。女より男が好きですか」

「さぁな。想像に任せる」

東原はグラスの中の強い酒を呷《あお》った。ブランデーの香気と喉を焼くアルコールの強さに、たちまち酔いが回った気分になる。遥と差し向かいで飲んでいるせいかもしれない。おまけに意識的なのか無意識なのか知らないが、遥が東原を試すようなことを聞くからだ。

本当なら、べつにはぐらかす必要はなかった。

女より男が好きか、と聞かれれば、東原の答えは明確だ。それは女のほうがいいに決まっている。

幸か不幸か刑務所に行かず今の地位まで上り詰めた東原は、女に不自由したことがない。どれほどお高くとまっている女でも、湯水のように金を遣えば最後には落ちてきた。もっともそんな女には東原自身が早々に飽きてしまうので、長く続いたためしもなかった。

いまだに、これは、と思う女に当たったことはない。

それどころか、東原に珍しく本気で欲しいと思わせたのは、今のところ目の前に座っている遥だけなのだ。

男より女が好きなのははっきりしているが、遥に関しては例外だ。

もし遥が自分のものになるなら。

東原は考えるだけで気持ちが高揚《こうよう》してくる。

だがそれはとうていあり得ない想像だった。

遥がこれっぽっちもそういう気持ちで東原を見ていないのは確かだ。遥は純粋に東原を信頼し、気が置けない友人として慕ってくれているだけだ。

そうとわかっているのに下手な言動をすることはできない。

あまりにも不様《ぶざま》ではないか。

この気持ちは自己愛に近いものだ、と東原はあえて思うようにしていた。決してナルシストではないつもりだが、それ以外にこれほど遥に惹《ひ》かれてしまう理由が見つからないからだ。

「気を悪くしたのなら……」

遥は東原がしばらく続けた沈黙の原因が、自分の不躾《ぶしつけ》な質問のせいかと気を回したらしい。

「ばかやろう」

東原は穏やかに遥の言葉を遮った。

「俺がそんなつまらんことでいちいち気を悪くするような男か。ほかのどんな連中が俺に気を遣っていようが、遥、おまえだけは遠慮する必要はない。覚えておけ」

遥はひたと東原の顔を見据え、光栄です、と神妙な口調で答えた。困惑した様子は微塵《みじん》もない。

東原は心の底から満足する。

川口組若頭という東原の立場を知っていてなお、これほど堂々と渡り合ってくる相手は遥くらいだ。今のところ利害関係が皆無という強みもあるのかもしれないが、それにしてもなかなかできることではないだろう。

東原は遥のような男を待ち望んでいた。

遥を特別扱いすることは、東原自身にも誇りを感じさせるのだ。

＊

食事のときの日本酒に続いて書斎でブランデーを二杯飲むと、遥は少し酔いを覚えてきた。疲れているせいだろう。決して弱くはないのだが、今夜はそろそろこのへんでグラスを置く頃合いだった。

遥は東原を恐ろしいとは思わない。

ヤクザの大幹部として畏怖《いふ》の念は感じるが、直接自分に牙《きば》を剝《む》いてくるとか、利用されて骨の髄まで吸い尽くされるといった類いの不安はないのだ。

ヤクザという括《くく》りで表現される組織に対しては肯定できない部分があるが、少なくとも東原という一人の男には確実に憧《あこが》れるところがある。

今の極道に任侠《にんきょう》などという言葉が生きているのかどうかはわからない。ただ、東原にはそういう昔気質《むかしかたぎ》の、若者が純粋に憧れて子分になりたがるようなきっぷのよさ、面倒見のよさが感じられる。

一般社会からは蛇蝎《だかつ》のごとく忌み嫌われている暴力団のはずだが、それでもヤクザ映画がヒットするのと同じで、単純に悪だと切って捨てられない強烈な魅力が東原には存在するのだ。

身を置く世界は違っていても、互いに相手を認め合い、その気性に惚れ合っている。

知り合ってまだ半年に満たないにもかかわらず、東原と遥の間には、言葉では説明できない奇妙な信頼関係ができていた。

「少し顔が赤い」

向かいに座ってじっと遥の顔を見つめていた東原が、唐突にそう言った。

遥も自分の頬が多少熱を持っていることを自覚していたので、素直に頷く。

「今夜は酔いの回りが早かったようです」

「もう休むか？」

続けてそう聞かれたが、遥は首を振る。

キャビネットの上に置いてある時計の針は、まだまだ宵《よい》の口を示している。せっかく食事をしないかと自邸に誘われて来ておきながら、早々に客室に引き取るのは躊躇われた。東原も望んでいないはずだ。

「汗を掻いたのでシャワーを浴びてきていいですか」

「ああ」

東原が太い眉を上げ、気づかなくて悪かった、という顔をする。

「すぐに戻ります」

「いや、気にするな。ゆっくりでいい」

書斎を出ると、ドアから少し離れた位置に、目つきの鋭い痩せた男が立っている。東原の子分だ。右眉の真上に傷を持った、小柄な割に迫力のある男だった。

男は遥を見ると、軽く黙礼しただけですぐに視線を外した。

浴室に行くまでの間に出会《でくわ》した人間はその男一人で、広い屋敷全体は静まり返った印象がある。

しかし、実際はまだ何人も子分が控えているはずだ。表立った仰々《ぎょうぎょう》しい身辺警護を嫌う東原らしいといえばらしかった。

今年の夏は暑い。

遥はほとんど水に近いような温度に調節したシャワーを浴びつつ、習慣のように仕事のことをあれこれと考えた。

この暑さでトラックを運転する連中は苛ついていないだろうかとか、インターネット通販に涼感グッズをもっと紹介させようとか、わがままで撮影スタッフを手こずらせているAV人気女優のことなどが、次から次へと乱脈に頭に浮かんでくる。

シャワーのカランを締め、これだから東原に、たまには仕事を忘れて飲もう、と気にかけられるのだな、と反省してしまう。

働きすぎの自覚はあった。

それでもなかなか休む気になれないのは、忙しく働いているほうが気が紛れて楽だからだ。よけいなことを考えずにすむ。

好きな女でもいれば、相手に入れ込むことで仕事以外のことを考えるきっかけができるのかもしれないが、あいにくと遥はずっと恋などという感情と無縁だ。最後に付き合った女性が大学時代の彼女だから、もう何年そんな情動を起こしていないだろう。

遥は濡れた髪を掻き上げると、広い浴室を出た。

隣の洗面所にはいつのまにか真新しいバスローブとタオルが用意してある。全然気づかなかった。きっと子分の一人が東原に命じられて届けてくれたのだろう。

遠慮なくそれを拝借させてもらう。

シャワーを浴びたおかげで酔いも醒《さ》め、気分はすっきりしていた。

たまにはなにもかも忘れて世界の違う男と過ごすのもいい。

どうせ今夜はとことん東原に付き合うつもりで来ているのだ。

*

書斎に戻ってきた遥の姿を見た東原は、一瞬心臓をまともに鷲摑《わしづか》みされたような気持ちにさせられた。

簡単にドライヤーを当てただけのようで乾き切っていない髪に、いつも以上の艶《つや》を感じたせいだろうか。風呂上がりの遥を見るのはなにもこれが初めてではないはずだが、今夜の東原は少し遥に気持ちを寄せすぎているようだ。

「ローブ、お借りしました」

「あ、ああ」

東原は胸の中の衝動をおさめ、いつもと変わらない声で返事をした。

遥を待つ間の退屈しのぎに開いていたチェスの定跡《じょうせき》本を閉じる。

まだ少し心臓が平常どおりのリズムを取り戻していない。それが東原を柄《がら》にもなく動揺させていた。このまま遥を前にしていると、もっと調子が狂ってしまう気がする。

「チェスをするんですか」

東原が手にしたままの本に目をとめた遥が聞いてくる。

「たまにな。齢《よわい》六十を越えた親父さんが今さらのように西洋将棋に凝《こ》っちまいやがって、俺にも相手をしろと言うのさ。向こうは結構真剣だ。教室にも通っている。だから俺としてもあんまり不様な負け方をするわけにもいかねぇから、いちおう動かし方の基本を覚えているところだ」

「俺も少しなら嗜《たしな》みますよ」

「へぇ、そうなのか」

「ゴルフ同様、本当に嗜む程度ですがね」

「ばか言うな。嗜む程度のやつに九十台で回られちゃ、毎日のように練習場に行って手にまめ作ってたこっちは堪ったもんじゃねぇ」

苦々しげに言った東原に、遥は憎らしいほど綺麗《きれい》な笑みを見せて笑う。

「でも、チェスのほうは実戦経験がほとんどないですから」

こいつ、と東原は遥を軽く睨《にら》み、魔が差したようにチェスの勝負を提案していた。

単なる退屈しのぎで開いていた本からよもやこんな展開になろうとは、東原自身意外だ。生乾きの髪を額やうなじに纏《まと》いつかせている遥を見ているうちに、理性のタガが外れてしまったらしい。

「勝負、ですか」

さすがに遥も最初は躊躇っていた。

わざわざ勝負と言うからには、東原が何か賭けるつもりなのだと察したのだろう。それがゴルフ場券と同レベルの賭けだと考えるには、今夜の東原は熱い目をしすぎている。遥にもそれがわかるらしく、いつもとは違うことを肌で感じているのだ。

「どうする、遥？」

「わかりました、余興と思ってお付き合いしますよ」

余興、と断ってから遥は了承した。

東原はニヤリと唇の端を吊り上げる。遥に逃げ道を用意されたようなものだ。まだ何を賭けるとも言っていないのに、遥はいつもと違う展開を予想している。すなわち、金ではない、とわかっているわけだ。

「俺もひと風呂浴びてくる」

遥に向かってチェスの本を投げ渡す。

考える時間を与えるのがフェアというものだ。ついでに少しでも有利な手を勉強しておいてもらえば、勝負がますます面白くなる。

賽子《さいころ》やカードとは違って、チェスにいかさまはない。

だからこそ東原も開き直れた。

「俺が勝てば今夜一晩おまえを好きに扱わせてもらう」

ドアを開きながら東原ははっきりと宣言した。

遥の頬の肉が微かに引き攣《つ》れた気がしたが、東原は気づかなかった振りをしてドアを閉めた。

先に余興だと言ったのは遥だ。

余興なら徹底した非常識がまかり通ってもいいはずだった。

*

外は熱帯夜だったが、室内は完璧に空調が整っている。

しんとした静かな夜になった。

ときどきウイスキーを入れたロックグラスを傾けたとき氷の立てる音がするのと、チェスの駒《こま》を動かすとき、大理石同士が触れ合う硬い音がするくらいで、後は二人の息遣いがわかるほどしんとしている。

白の駒の東原から指し始めた手は、第三手でクイーンズ・ギャンビットの定跡型におさまった。

東原自身もまだまだ初心者の域を出ないが、遥も似たようなものらしく、この戦いはまさしく

ビギナー同士の対決という形になりそうだ。どちらも、定跡を知らないわけではないが、完璧に覚え込んでいるというのでもない。

第一手に東原がポーンをｄ４に動かしたのを受けて遥はいきなりナイトをｃ６に動かしてきた。これは定跡にはない手だ。東原はつられて自分もついナイトをｆ３に動かしてしまったのだが、後からよくよく考えてみれば、ポーンをｄ５に進めるべきだった。そうすれば遥は次にまたナイトを動かすか、三手目にしてもうナイトを取られてしまうか悩まなければならなかったはずで、東原には有利になるところだったのだ。

次の手で遥がポーンをｄ５に進め、東原の行く手をまんまと遮ったので、東原は仕方なく別のポーンをｃ４に進めた。これに対して遥はまたもう一つのナイトをｆ６に出してきて、結果この局面が無事にクイーンズ・ギャンビットの定跡におさまったというわけなのだ。

しかしいったん定跡に入ってしまっても、初心者二人の打つ手は熟練者からすればお粗末の連続だったことだろう。どうしても相手の駒を取りに行くことばかりに意識が集中してしまい、三手かけて中央に勢力を集めてから逃げ道を塞いで取りにいくようにすべきところを、先走った一手で崩してしまう。

遥も似たようなもので、悪い手と良い手を交互に指したあと、せっかくの手をうまく利用しないまま見過ごすというもったいない局面を見せた。

七手目までで遥はビショップを使った攻勢的な指し方を披露した。

しかしその後は、ナイトで取れたはずのポーンを見逃してキャスリングしてしまい、東原にチェックメイトを狙うチャンスを与えてしまった。

さらに次の手で遥が大変な見落としをしてくれたので、東原は十一手でチェックメイトにすることができた。

最後は東原の快勝の形になる。

遥は一目で自分のキングが東原のクイーンに狙われていてどうやっても回避する手段がないと悟ると、潔《いさぎよ》く両手を上げてみせた。

「やはりチェスはまだまだのようです」

「遥」

東原は一瞬、わざと負けたわけではないだろうな、という疑いを口に出そうとしたが、遥の目を見た途端、言葉を引っ込めていた。

遥がそんなことをする理由がない。

「……行きますか」

遥は東原を真正面から見返して、淡々とした感情の籠《こ》もらない声で言う。

どこに、などという問いかけは無用のようだった。

東原には今ひとつ遥の本意はわからないが、遥が賭けの約束を守ろうとしていることは明らかで、それを今さら東原から反故《ほご》にすることはできそうになかった。遥の潔さはなにも今夜に限ってではないのだ。

東原は先に立って書斎を出ると、ドアの近くに直立不動でいた男を指先一本で呼び寄せ、低い声で命じておく。

「今夜俺の寝室のドアは見張らなくていい。手前の廊下にいろ」

背後の遥が僅かばかり身を強張らせたようだったが、それは単に東原の気のせいかもしれなかった。

*

大きな寝台の縁に腰掛けて東原を見上げる遥は落ち着き払っていた。

「本気なのか」

東原は確かめずにはいられなくなる。

本気で遥は自分に抱かれるつもりなのか。よもやここに至って東原の思惑を察せないような遥ではないはずだ。

「本気で俺に抱かれるつもりなのか、遥?」

黙ったままでいる遥に焦《じ》れて重ねて聞く。

当惑は賭けに勝ってしまった東原のほうが大きかった。なんだか滑稽《こっけい》だ。

「それとも何かほかのことがお望みなら、俺は辰雄さんの言うとおりにしますが」

遥はあまりにもあっさりと言ってのける。

東原は柄にもなく困ってしまった。

「……相変わらず、いい覚悟だな」

遥のほうには戸惑いはないのだろうか。

男と寝たことなどないと言っていたくせに、こんなふうに初めての経験をしても悔いはないのだろうか。

「俺はおまえに後悔だけはされたくないんだ」

東原は乾いていた下唇を舌先で軽く舐めてから言い募った。遥にはかえってこんな歯切れの悪い様子を訝《いぶか》しく思われていることだろう。

「たとえこれが合意の上での余興だとしても、俺はこの先もずっとおまえさんとの付き合いを続けていきたいと思っているからな」

「後悔なんてしませんよ」

遥の切れ長の瞳がすっと細くなる。

遥はそのまま目を瞑《つむ》ってしまった。

目を閉じた遥の顔をしばらく睨むように見ていた東原は、やがてゆっくりと遥の頬に指を伸ばしていく。

張りのあるなめらかな肌は、東原の想像したとおりの感触だった。

「遥」

そっと指を唇の上に滑らせる。

遥の顎がピクリと動いた。

やはり口とは裏腹に緊張しているのだ。

強情な男、と東原は自然と顔を綻《ほころ》ばせてしまう。こんな、女がふるいつきたくなるほど端整な顔立ちをしていながら、仕事のことしか頭にない朴念仁《ぼくねんじん》で、駆け引きだらけの恋などとてもできそうにない無器用な男なのだ。

「おまえは俺に惚れているか、遥？」

遥は目を閉じて黙ったまま頷いた。

確かに遥は東原に惚れている。それは東原自身にもちゃんとわかる。

それにもかかわらず東原が躊躇うのは、遥は東原に惚れてはいても、決して恋はしていないのが明らかだからだ。

「もう一度だけ聞くが、本当にいいのか？」

東原は執拗に繰り返し、とうとう遥を失笑させた。

笑われてしまえば東原もむっとする。

「なら自分でローブを脱いで布団に入れ」

照れを隠すためもあり、突《つ》っ慳貪《けんどん》に遥に言う。

遥は明るくされたままの室内で、座ったまま腰紐を解いて前を開いた。

理想的に筋肉のついた体が東原の目を射《い》る。ゴルフ場の風呂場で、旅先の温泉で、今までにも何度か目にしてきたはずの裸だが、こうしてあらためて意図を持った目で見れば、ことさら艶っぽい印象がある。

東原はまともに遥を見ていられなくなり、部屋の電気を消した。

暗くなった室内に、ギシリ、というスプリングが軋《きし》む音と、布地が擦れ合う音がする。遥が寝台に横たわったのだ。

もう少し酒を飲んでからここに来ればよかった、と東原は遅ればせながら後悔していた。せめて酔っていれば、もう少しあっけらかんと事が運べたのかもしれない。そして言い訳もできた。

こんなチェスを一戦交えた直後の冴え切った頭で、ここ数年来最高に惚れている相手とどうにかなれというほうが難しい。

東原もローブを脱ぎ捨てて全裸になると、布団の端を持ち上げ、遥の横に潜《もぐ》り込んでいった。

＊

目を覚ますともう朝の光がカーテンの隙間から入り込んでいた。

遥は片肘をついてスプリングのしっかりした寝台から上半身を少し起こすと、サイドテーブルの時計を見た。いつも起きる時間より一時間半も寝過ごしてしまっている。今朝ばかりは体内時計もうまく機能しなかったらしい。

まぁたまにはこんな朝があってもいいか、と遥は軽い溜息をついた。

隣で休んだはずの東原はずいぶん前に起きたらしく、皺《しわ》の寄ったシーツは冷たくなっている。

寝台から下りると、昨晩脱衣所で脱いだスーツ一式がちゃんとこの部屋に運び込まれ、ポールハンガーに掛けられていた。足下のカゴには封を切っていない真新しい下着と靴下まで用意されている。

遥は東原の厚意を受けて身支度を整えると、寝室を出た。

東原がどこにいるのかははっきりとはわからないのだが、誰か子分と会えば教えてもらえるだろうと思った。

しかし途中の廊下では結局誰一人見かけず、一階の客間まで来てしまう。

東原の姿は、客間と続きになったサンルームにあった。

真夏のサンルームはガラス部分をすべてスクリーンに覆われ、周囲に並べられた鉢植えにだけ光が届くようにしてある。当然ながら冷房もきちんと利いている。

「辰雄さん」

観葉植物に水をやっている東原に遥が声をかける。

東原は振り向かずに返事だけした。

「よう。起きたか。おまえさんが起きるまで俺も朝飯を待っていたんだぜ」

「それはどうも、すみません」

「よく眠っているようだったから安心した」

すべての鉢に水をやり終えたのか、東原はそう言いつつ遥のほうに歩いてくる。

遥は半袖の開襟シャツにスラックスという出《い》で立ちの東原を眩《まぶ》しそうに見つめてしまう。今年で三十五になるはずの東原は、こうして見れば惚れ惚れするほどいい体つきをしている。手足が長くて腰の位置が高く、胸板はぴっちりと硬い筋肉で覆われているのがわかるのだ。毎朝ジョギングを欠かさず、暇さえあればスポーツクラブで水泳やボクシングをしている成果がそっくり出ている。

東原の体にはいっさい目立つ傷がついていない。もちろん入れ墨もなかった。

元々知性派のインテリヤクザなのだろう。それがどんな経緯で今の地位まで駆け上ったのかは知らないが、武闘派揃いの川口組系所属の大小六十とも七十とも言われる組を纏め、いずれ本家を継ぐはずの男なのだ。

あらためて東原のことを考えると、遥は背筋を冷たいものが駆け抜ける気がする。

こんな男と自分は渡り合っているのだ。

「どうした」

遥のすぐ目の前で立ち止まった東原が、穏やかな表情のまま問いかける。

「どうしてなんです」

遥も東原に質問していた。

「なにが」

東原が眉を跳ね上げる。

そしていかにも面白そうに遥を見据えていた。

「昨夜のことです。なぜ抱かなかったんです」

朝方の明るく爽《さわ》やかな部屋でこんな話をするのもどうかと思ったが、遥は聞かずにはいられなかった。

何もしなかったのだ。

昨夜、あれだけ思わせぶりな会話を繰り返しておきながら、東原はついに遥の体に指一本触れようとしなかった。

「べつに俺は賭けの約束どおりにしただけだぞ」

東原は軽く肩を竦め、遥を促して食堂の方へと歩き出す。遥は東原に半歩遅れてついていった。

「一晩おまえを俺の好きなようにしただけだ。違うか？」

そう言われてしまえば確かにそのとおりだ。

遥は釈然《しゃくぜん》としないまま黙り込むしかなくなる。

「俺はな、遥」

東原が窓から差し込む朝の光に眩しそうに目を眇《すが》め、続ける。

「たぶん、おまえさんはそのうち、激しく心を揺さぶられるような相手と巡り合うんだろうな、と思ったのさ」

「俺が、ですか」

遥はとてもそんなふうになるとは考えられず、まともに訝しんで問い返す。

大学時代に凍りついてしまった自分の気持ちが、今さら溶けるようなことがあるとは想像できない。東原は遥の過去の事情を知らないからそんなふうに言うのだと思った。

「たぶん、な」

そう言って東原は珍しく溜息などついた。

そのくせ次に口を開いたときには、また遥をからかって楽しむようなセリフを吐く。

「今度はそれを賭けるか？」

賭けるの意味がわからない、と遥がその場を凌ごうとすると、東原はニヤニヤしながら言った。

「もしもおまえさんをメロメロにするような相手が現れたら、賭けは俺の勝ちだ。その相手を俺にも紹介してくれ。そして俺の目の前でそいつにキスをしろ」

遥は困ったことを言い出されたな、と思いつつ、結局のところこの賭けは東原に不利だと判断して頷いた。

「いいですよ。しかし気の長い話だ。こんなことで賭けが成立するんですかね」

「ならこうしよう。俺が嫁をもらうとか、もしくは好きな女ができた、というときには、賭けは俺の負けで終わりだ。俺もおまえさんに相手を紹介してやろう」

「もちろん俺の目の前でキスもするというわけですね」

「そうだ」

「いいですよ」

今度こそ遥は自分の勝ちを疑わず、気軽な気持ちで返事をした。

そのくらい遥には、誰か他人に入れ込んでいる自分が想像できなかったのだ。

「その余裕の表情がどうなるか、俺は楽しみだな、遥」

「その言葉はそっくりお返ししますよ」

「案外憎らしいやつだな」

東原が顔を顰《しか》める。

「あんまり減らず口を叩くと後悔するぞ。おまえさんは、自分で思っているほど冷め切った人間じゃない。昨夜のチェスの手を見ていただけで俺にはわかった」

駒の進め方などを引き合いに出され、さすがに遥も言葉が続けられない。

それどころか、微《かす》かな胸騒ぎが起きてくる。

東原の慧眼《けいがん》は、まるで遥の未来までも過《あやま》たずに見越しているかのようだった。

「遥」

東原は遥の心臓の真上に指先をのせてきた。

鼓動がますます激しくなり、東原の指にもはっきりと震えを伝えている。

「いつかここが痛くなったら自分に無理をするな」

「辰雄さん」

「俺は昨夜英断をした。おまえとは寝るよりもっとほかの形で繋がり合っていられるはずだ。そうだろう?」

「ええ」

不意に指が離れていく。

「朝飯にしようか」

遥の体からいっきに緊張が取れていく。

キッチンに向かう東原の後ろ姿は毅然《きぜん》としていて、いかにも頼りがいがありそうに感じられた。そのうちあの肩で一万人以上もの系列組員を率いていくのだ。

東原はただ少し頭と運がいいだけの極道ではない。

もしかすると遥はまた賭けに負けてしまうのかもしれなかった。東原の言うことがまるっきり事実から外れているのは稀なのだ。東原は恐ろしいほどに先を読む。

しかし、この賭けは遥にとっても東原にとっても何一つマイナスになる賭けではない。

俺を夢中にさせられるような相手がどこかにいるのなら見てみたい。

遥は強気でそう思い、そして、そんなこともほとんど忘れてしまった頃、一人の男に会ってしまうことになる。

そのときすでに賭けからおよそ二年が経っていた。

＊

「旦那様はお部屋でお休みですが」

東原を出迎えたのは、きびきびした印象の家政婦だった。ははぁ、と東原は目を細める。なるほど気の強そうなしっかりものの小母《おば》さんだ。これならば多少の流血沙汰にもビクともせず、派遣先を変わろうなどとは思いもしなかっただろう。遥が苦笑していた意味もわかる。

「それは知っているんだが、ちょっとご主人に用事があってな。上がらせてもらうよ」

勝手を知った厚かましさで東原が靴を脱いでしまうと、家政婦は呆気にとられ、困ります、と言いながら階段の下まで追い縋《すが》ってきた。

「せめて佳人《よしと》さんをお呼びしてきますから！」

佳人、というのは、遥が香西組《こうざいぐみ》の組長から一億で買い取った男で、春先からずっと同居させている相手だ。遥はずっと抵抗していたが、元秘書が起こしたちょっとした事件をきっかけに、ついに観念したらしい。

溜息が出るほどの美青年を抱いて自分のものにした感想は、と意地悪く聞いてやると、遥はたちまち決まり悪そうに目を伏せた。

「なに。どうせ彼もご主人の部屋にいるんだろう。わざわざ呼び立てることはない。だいたいこの夏場に風邪なんてあいつも見かけによらず柔《やわ》だ。俺もちょっと見舞いに来ただけなんだ、あんたは気にせず仕事の続きをしたらいい。あ、お茶なんかいらないぜ」

「知りませんよっ、あたしは！」

あまりにも強引な東原に、家政婦はプリプリと腹を立てたままどこかに行ってしまう。

東原はそれを見送ると、足音を忍ばせて階段を上っていった。

一番上の段まで来たところで耳を澄ますと、奥の部屋に人のいる気配がする。遥の寝室だ。静かにドアの手前まで摺《す》り足で近寄っていく。

分厚いドアに隔てられた遥の寝室からは、ときどき人の話し声らしきものが洩れてくる程度で、耳を寄せても内容までは聞き取れない。

東原はノックと同時に中からの返事も待たずにドアを押し開けた。

突然の乱入者に、ベッドの中の遥に覆い被さるようにしていた美貌の青年は体勢を立て直す暇もなかったようだ。遥に肩を抱き寄せられてキスされていたのだからそれも無理はない。

もちろん驚愕《きょうがく》しているのは遥も同じだった。

「辰雄、さんっ！」

遥は佳人を押し退けて、慌てたようにガバッと起き上がる。

佳人も困惑しきり、頰を赤くして今にも部屋から逃げ出したそうにしていた。東原は十年も前から佳人のことを知っているが、相変わらず綺麗な男だという印象を深めるばかりだ。遥が素直に佳人への気持ちを認めてからは、特に艶やかさが増した気がする。

「よう」

東原は人の悪い笑みを浮かべながら、悪びれもせずに遥に挨拶する。

「夏風邪だって聞いたから見舞いに来てやったぞ」

「それは、どうも」

「だが、どうやら俺はお邪魔だったらしいな？」

遥はバツが悪そうに視線を逸らす。

あれほど佳人のことなどなんとも思っていない、ただ気まぐれに買っただけの男だと繰り返してきたのに、蓋を開ければこんなふうに収まった形で、東原に対してはとことん気まずいのだろう。

こういう強情なところが遥らしいといえば遥らしい。

「あの、おれはお茶を淹《い》れてきます」

やっと気を取り直したらしい佳人は口早にそう言うと、二人の返事も聞かずに部屋を飛び出し、階段を駆け下りていってしまう。

東原は部屋に遥と二人になると、腹を抱えて笑いだした。

「アッハッハ、あまりにも思ったとおりで、たまらんな」

「辰雄さん！」

ほかの人間になら凄みを帯びて聞こえるのだろう遥の声も、東原が相手では少しも効き目が発揮されない。

遥は額に青筋を立てたまま、

「どうしてそんなに笑うんですかね！」

と腹立たしそうに言った。

「確かに俺はあのときの賭けに負けたと認めますが、こういうのは困ります」

「いや、突然ドアを開けたのは俺が悪かったさ」

本当は少しも悪かったと思っていないせいか、東原の空々しい言葉は遥をますます機嫌悪くさせたようだ。まだ少し熱があるようで顔が赤い遥は、怒るといつもよりもっと迫力が出た。

それを宥《なだ》めるようにしてから、東原は遥の枕元にあった椅子に腰掛ける。

間近で顔をつきあわせると、遥もあからさまな怒り顔をやめ、今度は気恥ずかしさの勝った表情になる。

「なんにしても、よかったな、遥」

落ち着いた遥に、東原はようやく、今度こそ真顔で言った。

「おまえさんの幸せそうな顔を見れば、俺は報われた気分になるぜ」

チェスの賭けで遥を抱かなかったことだ。

東原が言わなかったことを遥は間違わずに汲《く》み取り、頷いた。そして、呟くように礼を言う。

「なに。俺は昔っから佳人のことも知っていた。なぜあのときまであいつとおまえさんを引き合わせてやることを思いつかなかったのか、不思議なほどだ」

「たとえあれ以前に引き合わせてもらっていても、きっと無駄でしたよ」

「まぁ、確かにおまえさんの言うとおりだ」

佳人は親分の愛人で、あの日まではどう足掻《あが》いても横恋慕《よこれんぼ》にしかならなかったのだ。それならば遥はとうに気持ちを押し殺してしまっただろう。万に一つのチャンスに行き合い、佳人を引き取るような無茶が通る状況だったからこそ、今の状態があるのだ。

「でも、感謝しています」

遥は胸の痞《つか》えが取れたかのように晴れ晴れとした顔で東原にそう言ってくれた。もうさっきまで怒っていたことなど覚えていないかのようだ。

「辰雄さんのおかげで俺は大事なものを見失わずにすんだのかもしれません」

「そうだな」

東原は遥の顔をじっと見つめ、溜息をつく。

「遥。俺はあのとき、おまえが幸せならいいと思うことにしたんだ。だからなにがなんでも幸せになれ。ならねぇと承知しないぜ」

「ありがとうございます」

階段を上ってくる軽い足音がする。

佳人が戻ってきたようだ。きっと家政婦の用意していた麦茶でも運んできたのだろう。

「愛してるぜ」

東原は最後の抵抗のようにそう言うと、なにごともなかったかのごとく椅子から立ち、ドアを引いて佳人を部屋に迎え入れた。

Lovers Night

「落としたい男がいるんだ」

「またなの？」

山岡紗智子《やまおかさちこ》は兄の唐突な発言に、思い切り嫌な顔をする。高俊《たかとし》の気まぐれと節操のなさには、同じ血を分けた兄妹ながら呆《あき》れてしまう。今に始まったことではないのだが、もう三十三にもなったのだから少しは落ち着いてほしいのだ。でなければ高俊が三代目の山岡物産は、今後が危ぶまれる。

「まぁそう嫌な顔をするなよ」

高俊は楽しそうに口元を緩めつつ、膝に広げていたメンズ雑誌を閉じてテーブルに置き、嫌味なほどに長い足を組む。雑誌の表紙には『クリスマス特集』のロゴが大きく踊っている。「今年のクリスマスはどうするの」という質問に対する答えが、よもや「落としたい男がいる」とくるとは想像しなかった。紗智子はあまりのばかばかしさに溜息も出ない。

「で？　お兄さんはその落としたい彼氏と仲睦《なかむつ》まじくホテルディナーでも楽しみたいと？」

「ふうん、まぁ、そんなところかな」

「ねぇ、もういい加減に結婚相手を探したら？」

紗智子は長い髪を煩《わずら》わしそうに肩の後ろにはね除ける。

「男とは結婚できないんだから、どうせ落とすのなら女にしなさいよ。それなら私も協力してあげるから」

「べつに女は間に合っているんだ」

結婚するかどうかはべつとしてな、としゃあしゃあとして付け加える。

「お兄さんのこと蹴りたくなってきたな」

「よせよ、美人が台無しだ」

「また心にもないことを」

鼻白んだ紗智子をまぁまぁと宥《なだ》め、高俊は身を乗り出してくる。

「なあ紗智子、今度だけ手伝えよ。ちょっとワケありでガードの固い男なんだ。オレ一人じゃ手出しできない」

「なによ、それ。とんでもないじゃない。そんな変なことに私を巻き込まないでよ！」

「変なことになんかならないって」

高俊は妙に自信たっぷりだ。

「きっとうまくいく。第一悪いことをしようっていうんじゃない。向こうにもいい思いをさせてやるだけなんだぞ？　おまえにも礼をするから、可哀想な兄のためと思って協力してくれ」

「お兄さんのどこが可哀想なんですって？　嫌よ」

「紗智子、実はこの前スカヴィアの『サーラ』を手に入れたんだが、確かおまえ、あの世界限定モデルが欲しいとかなんとか……」

「欲しいわ！」

最後まで言わせずに紗智子は思わず叫んでいた。腕時計フリークなのだ。最近は特にジュエルウォッチには目がない。

にやり、と高俊の目が小狡《こずる》そうに光る。

う、と詰まったものの、欲しかった時計と良心の痛みとを天秤《てんびん》にかけると、勝負は簡単についた。

「……い、一度だけだからね」

「オーケー、紗智子。あれはおまえのものだ。謹《つつし》んで半額に負けてやろうじゃないか」

「ちょっと！　くれるんじゃないの？」

「そんなことは言わなかったぞ。おまえ、どうしても欲しいんだろ？」

腹立たしさの極みだったが、完全に高俊のほうが上手だ。紗智子は不承不承に頷《うなず》くしかない。

そしてやけくそな口調で先を促した。

「で？　どこのどなたをモノにしたいわけ？　私に何をしろって？」

高俊は実に満足そうな表情で、かねてから考えていたという筋書きを、紗智子に話しだした。

＊

街はどこもかしこもクリスマス最終セールで賑《にぎ》わい、ショッピング街界隈《かいわい》の歩道は、人と車でものすごい混雑ぶりだ。イブ前最後の週末だからだろうか。

佳人《よしと》はちょっと買い物に出掛けただけだったので、街中の華やかさと騒々しさに驚いた。なるほど、出がけに遥《はるか》が「酔うなよ」と言っていたはずだ。デパートの地下食料品売場の人混みを掻いくぐっているときに、佳人は冗談でなく人酔いしそうだった。甘ったるい菓子の匂い、女性の強い香水、店員が客引きする声など、普段はまるで縁がなく、佳人には強烈すぎた。

地下鉄の改札からそのままデパートの中に入り込んでしまったのを後悔する。佳人が行きたいのはこのデパートの別館にある大型書店だった。遥に頼まれた本と、佳人自身が読みたかった本を探しにきたのだ。

ケーキを売っているショーケースの前で「お母さん、クリスマスケーキはこれ買ってぇ」と叫ぶ子供の声が耳に入ってきたとき、佳人はふと、クリスマスになら遥に何か贈ってもいいだろうか、と思った。

佳人は遥の誕生日を知らない。もう十ヶ月一緒にいるが、遥を見ていれば記念日に特別なことをするタイプではないとわかるから、きっと何食わぬ顔をして普段通りの一日を過ごし、今年のその日はもう終わった可能性が高い。だとすれば、クリスマスというのはいい機会のような気がした。

遥がどんなものを喜ぶのかは全然わからないが、気持ちだけでも受け取ってもらえたら嬉しい。佳人はずっと、遥からいろいろしてもらうばかりではなく、自分からも何かしたいと思っていた。

せっかく外出してきたのだから、書店だけでなく他の売り場を見て回ってもいい。早く帰ったところで遥も仕事関係の付き合いで出掛けてしまっているはずだった。得意先が主催する忘年会に出席することになっているのだ。嬉しくもなさそうな顔で、帰りは何時になるかわからない、と言っていた。

何をもらうと遥は仏頂面を緩めて笑うのだろう、とあれこれ想像する。本を手にしてパラパラ捲りながらずっとそればかりが頭の隅にあった。世間に疎《うと》いせいか佳人には本当に何も思いつけない。試しに、自分がもらったら嬉しいものは、と考えようとしても、それもピンと来ないのだ。

佳人には遥がいてくれればいい。

なんだか気恥ずかしい限りだが、それが本音だ。毎日遥と一緒にいられて、時々不器用な会話を交わしながら互いの気持ちを確かめ合っていると、心臓が痛いほどに鼓動を速める。

考えただけでドキドキしてきた胸を押さえ、火照《ほて》った頬を隠そうと顔を俯《うつむ》けた。本を選びながらこんなふうになる男も珍しいだろう。斜め前の通路を通り過ぎていった女性がジロジロと佳人の顔を見ていった。きっと変な人だと思われたに違いない。たまたま手にしていたのが某芥川《あくたがわ》賞《しょう》作家の著書で幸いだった。

ゆっくりと時間をかけて本を三冊選び、遥に頼まれたものも無事に見つけると、佳人はレジに向かった。

レジ待ちの列に並ぼうとして、ちょうど同じタイミングでやってきた女性と順番を譲り合う。

「どうぞ、お先に」

急いでいるわけでもなかったし、こんな場合はやはり女性を先にしてあげるものだろうと思ったので、佳人は恐縮する彼女を前に並ばせた。書店も街中同様に混んでいて、レジを待つ人が七、八名いる。

「時間がかかりそうですね」

なんとなく彼女から話しかけてきた。

「そうですね。びっくりしました」

「純文学がお好きなんですか？」

「あ……いえ、そういうわけでもないんですけど」

佳人は手元を覗《のぞ》き込まれて焦《あせ》ってしまう。彼女が胸に抱えているのは、どうやらシリーズものの童話のようなハードカバー本三冊だった。彼女は本以外にも両腕にたくさんの紙袋を提げていて、いかにも精力的に買い物をしてきたふうだった。

「これ、今映画で話題の作品の原作本」

彼女が屈託のない調子で教えてくれる。

「もうご覧になった？」

「いいえ、まだ」

まだも何も、佳人はここ何年も映画など観ていない。歌舞伎や演劇、オペラ、バレエなどの舞台には香西《こうざい》に何度か連れていかれたことがあったが、映画というのはなぜかなかった。遥のところに来てからも、遥自身が仕事を趣味にしている感じの男だからか、映画の話題などどちらりとも出たことがない。

「じゃあ機会があればぜひ観たほうがいいですよ。とても面白かったもの」

「はぁ」

佳人の曖昧《あいまい》な返事に彼女がくす、と笑う。笑うとえくぼができて、なかなかチャーミングな女性だ。年の頃は佳人とそれほど変わらないように見える。しっとり落ち着いたアダルトな雰囲気と肌の張り具合から、二十代後半だと思えた。自然な感じのブラウンに染めた長い髪に少し黄みの強いオークルの皮膚をした陽気そうな彼女は、レジ待ちの退屈な時間を黙ったまま過ごす気がないようだ。

「もしかして趣味は読書？」

「どうかな……それほど読んでいるわけじゃないし。どちらかというと無趣味に近いのかもしれません」

「お勤めされてる方かしら？」

「はい」

「ふうん、待ってよ、どういう仕事か当てるから」

彼女の大きな黒い瞳がじっと佳人に据えられる。佳人は見つめられるのが苦手で瞳をうろうろと彷徨《さまよ》わせた。

冬場なのに彼女はコートの類を身につけていない。薄地で艶のある、いかにも高価そうなニットのアンサンブルに真っ白いセンタープレスのパンツといったスタイルで、襟ぐりの開いたニットから尖った鎖骨がちらりと見える。おまけに胸があまりにも立派で、佳人はどうにも目のやり場に困った。

「秘書とか、ぴったりよね。秘書」

ズバリと当てられて、佳人はびっくりする。

「なぜわかるんですか」

「ただの印象だけど」

彼女は悪戯《いたずら》好きな子供のように笑う。

「鏡を見て、自分のこと、恵まれて生まれたなぁって満足してない？」

残念ながら佳人には肯定できなかったが、ごまかすように笑い返しておくにとどめる。他人からそう思われるのには慣れていた。

レジの順番が徐々に近づいてくる。

彼女はそろそろだと思ったのか、三冊の結構分厚い本を片脇に抱えて、もう一方の手をショルダーバッグの中に突っ込み、財布を取り出す。手荷物が多いので、ひどく難儀そうだった。

佳人が見かねて、荷物を持ちましょうかと言おうとしたら、

「次の方どうぞ」

と空いたレジ担当の男性が声をかけてきた。

ちょうど財布を開いたばかりだった彼女はそれに慌てたのか、はい、と返事をした拍子に、本と財布の中身の硬貨とを落とし、盛大にあたりに飛び散らかしてしまった。

「きゃあ、すみません！」

さっきまではしっかりした美人だという印象だったのが、たちまち崩れる。

佳人も屈んで硬貨を拾い集めるのを手伝った。それより後ろに並んでいた客は「なんだ、なんだ」と呆気にとられた顔をしている。

「ああ、もう、本当にどうもごめんなさい」

「いいえ。それより、レジをすませたほうが……」

彼女を行かせたのと、佳人が別のレジに呼ばれたのとがほとんど同時になった。

彼女は佳人が書店の包みを抱えて通路の方に戻ってくるのを待っていた。

「あの、この後何かご予定が？」

さっきのお詫びにお茶でもご馳走《ちそう》させてください、と頭を下げられて、佳人は戸惑いながらも頷いた。断ると悪いような気がしたのだ。遥のために買いたいものの目処《めど》も立っていなかったので、はっきり用事があると断りにくかったのもある。

「ちょっとお洒落《しゃれ》な紅茶のお店を知っているので、ぜひそこで」

そういって彼女が案内してくれたのは、デパートを出てすぐ近くにある、老舗《しにせ》ふうの紅茶専門店だった。

*

彼女の取り留めもない話に一時間ほど付き合ったあと、佳人はそろそろこのへんで、と切り出した。頭の回転の速い彼女との会話はそれなりに楽しかったのだが、いつまでもこうしてはいられない。

「もう? それは残念だわ」

しかし彼女は無理に引き止めるつもりはなさそうだった。レシートを取る。

いくら彼女が奢《おご》るからと言って連れてこられたとはいえ、あっさり女性に支払わせるのは気が退ける。佳人は札入れから紙幣を抜き出すと、彼女に差し出した。

「あら、それじゃ私が困るじゃないですか」

彼女は受け取らない。

「何のためにここに付き合っていただいたのかわからなくなるでしょ」

はぁ、と佳人は歯切れの悪い返事をする。なんだか彼女に押し切られてばかりのような気がした。まだお互いに名乗り合ってもいなかった。名前を聞いておくほうがいいのかどうか迷う。だがすぐに佳人は、このままあっさりと別れたほうがいいと思い直した。

今度は席を立ったときから彼女の嵩張《かさば》る荷物を佳人が二つ持ってやった。

表に出たところで彼女が潑剌《はつらつ》とした調子で軽く伸びをする。

「ああ、楽しかった！」

「どうもご馳走様でした」

「いいえ、どういたしまして」

それから彼女は上目遣いになって窺《うかが》うように佳人を見る。

「あのう、すごく申し訳ないんだけど、その荷物、私の車まで運んでいただくわけにはいきませんよね？」

「かまわないですよ」

佳人は気軽に了解する。

車はデパートの契約駐車場に駐めてあるとのことで、聞けば目と鼻の先だ。

彼女の後に従い、荷物を持ってついて行く。

赤いアウディが彼女の車のようで、佳人はトランクに紙袋を入れてやり、それじゃあ、と別れの挨拶《あいさつ》をしようとした。

彼女の方を振り返ろうとして回した頭が、くらくらする。急に重くなったような感じで、首がうまく動かせなかった。

「大丈夫ですか？」

思わず車体に手を突いた佳人に驚いたのか、彼女が傍《そば》に来て肩に手を掛ける。

「すみません……なんだか眩暈《めまい》が」

こんなふうになったことはなかったので佳人は自分がどんな状態になっているのかわからない。とりあえず大丈夫だと答えたものの、実際は足がガクガクしていて支えがなければしゃがみ込んでしまいそうだった。

頭が重くて瞼も開けていられない。

「ちょっと、乗ってください」

彼女が佳人を後部座席に導き、中で横にならせてくれる。どうしたのかさっぱりわからないが、とにかく強烈な眠気が襲ってきていた。一度目を閉じてしまったらもうどうにも開けなくなる。

バタン、とドアが閉まる音がした。

それっきり佳人の意識は遠のいていった。

＊

頭上で誰かと誰かが話をしている声が聞こえる。男と女だ。女の声はさっきまで一緒にお茶を飲んでいた彼女のものだった。

「ったくもう！　こんな気後れするような美人を拉致《らち》してきて、まんまと遊び相手にする気なの、お兄さん？」

「拉致なんて物騒なことを言うな」

この声にもどこかで聞き覚えがある気がする。

佳人はまだ混濁した意識の中で、寝ているのか起きているのかもはっきりしないまま、眉根を寄せて誰だったろうと必死で考えていた。

「何言ってんの。これは立派な犯罪よ。私、彼の紅茶に睡眠薬入れるのに本当に冷や汗掻いたんだから」

「ああ、わかっているさ。おまえはまったくよくやってくれたよ。いったいどうやったんだ？」

「彼にマッチがないわね、って言ったのよ。そしたらわざわざレジのところまで取りに行ってくれたの。この人本当に親切ないい人だわ。私、本気で惚れちゃいそう」

「無駄だ」

「どうしてよ。私はお兄さんと違って身持ちの堅い品行方正な女なんですからね」

「とにかく、おまえはもう帰れ」

酷い、と彼女がプリプリ怒っている。

二人の話からだいたいの事情は摑めた。このまま寝ている場合ではなかった。この異常な眠気は薬のせいなのだ。佳人は奥歯を噛みしめ、必死で瞼を開ける。

「やぁ、気がついたのか、久保《くぼ》佳人くん」

上から覗き込むようにして佳人の顔を見ている男は、以前街中で時間を聞く振りをして話しかけてきた彼だ。遥の知り合いで、遥は佳人の無防備さにひどく腹を立てていた。

「……山岡、さん？」

目の前の男の、野性味溢《あふ》れるハンサムな顔が満足そうな表情になる。

「覚えていてくれたんだね。光栄だな」

佳人は視線を巡らせて、彼女の顔も捉えた。彼女のほうはなんとも申し訳なさそうな、情けない顔をしている。

「ごめんなさいね、佳人さん」

この状態で謝られても仕方がない。それでも彼女の茶目っ気たっぷりな瞳を見ていると、自分の迂闊《うかつ》さを悔いる気持ちが湧くだけで、彼女を恨む気持ちはすぐに消えていく。普段女性と接する機会がないので、女性に対する勝手がわからないせいもあった。

彼女は兄である山岡物産三代目にもう一度きつく促され、渋々といった感じで部屋を出ていった。

「ここはどこですか。おれをどうするんですか」

まだ全身が気怠くて、頭を起こすこともできない。たぶん意識が戻って話をしているだけでも相当にすごいことなのだ。佳人は精神力だけで自分を保たせていた。

「ここはホテルの部屋だよ」

山岡の手がそっと佳人の額や頬に触れてくる。

佳人は軽く唇を嚙んだ。ホテルに連れてこられて彼と二人きりなら、求められることは一つに違いない。以前遥が、山岡の手の早さを罵《ののし》っていたのを思い出す。あれは夏の盛りだった。まだ彼が佳人に手を出すことを諦めていなかったとは意外である。

「あらためて自己紹介しよう。オレは山岡高俊。きみのご主人とはよく知った仲だ」

遥のことを「ご主人」とは、いかにも含みを持たせた言い回しだ。高俊には遥との仲を早々に勘づかれていたようだから、皮肉に聞こえる。

「こんなことをされると、困ります」

「なぜ?」

「なぜって……」

佳人は呆れてしまい、言葉が続けられなくなる。無理やり体の自由を奪われてこんな場所に連れてこられれば、誰だって困るに決まっている。それに「なぜ」と聞くとは、いったいどういう神経をしているのかと疑うほかない。

「実はね、ついさっきまで黒澤《くろさわ》と一緒にいたんだぜ」

「えっ?」

「今夜の集まりのこと、聞いてなかった? このホテルの宴会場で忘年会があったんだ。というか、今もまだ現在進行形だけどね」

反射的に慌てて身を起こしかけたが、やはり指一本持ち上げられない。

まさか遥が今この瞬間も、すぐ近くにいるとは。

それなのに、佳人は腑甲斐《ふがい》なくソファに寝かされたまま身動きもできず、高俊の好きにされるのを怯えながら待っているしかないのだ。

いくらなんでも酷すぎると思った。

高俊は佳人の気持ちを知った上でこんなことをするのだ。遥がすぐ上か下の階にいると承知で、むしろだからこそ、佳人をここに連れてこさせたのだ。

「実はここ、山岡グループの経営するチェーンホテルなんだ。今夜のパーティーの主催者も、オレ」

「そんな、主催者が会場を抜け出していていいんですか。あなたは非常識すぎます」

「うーん、きみも強気だね」

高俊は実に楽しそうだった。佳人の顎に指をかけ、そろそろと唇の上を撫でる。

「本当は喋《しゃべ》るのも辛いだろ？　もう少し寝ていていいんだよ」

「嫌です」

眠ってしまえば何をされるかわからない。

「疑われたもんだな。オレはそんな残酷なオオカミじゃないつもりだが」

「信じられません」

「そう？」

高俊が今度は佳人の睫毛《まつげ》を擽《くすぐ》る。もしも今指で瞼を押さえられたら、もう二度と開けられないだろう。すぐにまた深い眠りの淵《ふち》に落ちるに決まっていた。

「信じられないのなら、いっそオレと寝てみるか？」

ククッと高俊が意地悪く笑う。猛禽類《もうきんるい》のような鋭い光を帯びた目が細くなると、相当な迫力がある。冗談や戯言《ざれごと》ではないような、怖い雰囲気になるのだ。遥も怒ると恐ろしい男だが、高俊は生まれながらの御曹司には似つかわしくないほどの、切れ味のいい刃物のような鋭さを持っていて、その迫力は遥を上回っている気がした。前にも感じたが、高俊は遥と東原《ひがしはら》とを足して二で割ったような印象があるのだ。佳人はゾクリとした。

「困ります」

「そうだろうな」

高俊はあっさりと同意して、佳人から手を離す。そして次に顔を近づけてきたときには、ハンサムで女好きのする、いかにもボンボンふうの柔和《にゅうわ》な表情になっていた。

「きみは黒澤にべた惚れしているみたいだからな」

「そ、そんな」

「いいじゃないか、べつに」

佳人は熱くなった頬を意識する。事実だけにはっきりと言われると恥ずかしかった。

「さてと、じゃあそろそろ、彼と会わせてやろうかな」

「えっ？」

佳人はまたびっくりして、今度は激しく狼狽《うろた》えた。

「まさかここに遥さんを呼ぶ気ですか？」

焦りが高じて、つい「社長」と呼ぶべきところを名前で呼んでしまう。しかしそれも今さらで、高俊は軽く眉を上げ、してやったりという顔をしただけだ。語るに落ちる、というやつである。

「嫌かい？」

「当然です！」

こんな情けない姿を遥に見られるのはたまらない。遥は鬼のように怒るだろう。下手をすれば高俊と殴り合いになる可能性もある。それに遥はプライドが高い。最悪の場合、佳人に愛想をつかして切り捨ててしまうかもしれない。

「本当に、困ります」

「そんなに辛そうな顔をするなよ、佳人くん」

高俊はどこまでも勝手なことを言う。

誰のせいなのか、と言ってやりたかった。だがここで下手に高俊を刺激すればどうなるかわからないので、ぐっと我慢する。

「きっと彼、飛んでくるだろうな。今日の宴会もね、最初から不機嫌で、いかにも早く帰りたそうにしているんだ。まぁオレと顔をつきあわせるのが嫌だってのが一番の理由だろうが、二番目くらいにはきみのことがあるんじゃないかな？　花の週末を邪魔しているわけだから」

「誤解です」

「ふうん？」

高俊がまた手を伸ばしてきて、優しい指使いで佳人の顔に乱れて打ち掛かっていた髪を払いのける。落としたい相手を口説くときには、強引に迫ったり優しく懐柔《かいじゅう》したりと、さぞや手練手管《てれんてくだ》を発揮してみせるのだろう。これほど恵まれた容姿その他を持っている男だ。なぜ佳人にしつこくかまいたがるのか解《げ》せない。

「黒澤を呼んでほしくないってのは、もしかしてオレに抱かれてもいいってこと？」

「違います！」

「オレはどっちでもいいよ。きみを悦《よろこ》ばせる自信はあるしね」

でも、と高俊が残念そうな顔になる。

そのとき、ピンポーン、ピンポーン、と立て続けに慌ただしくチャイムが鳴った。

佳人はびくっと全身を引き攣《つ》らせ、不安でいっぱいの顔をしてドアの方に視線をやる。

「ほら、もうお出でになった」

高俊が肩を竦めてみせ、佳人の傍《かたわ》らに膝をついていた姿勢を起こす。

チャイムはさらに二度鳴り、ついにはドンドンと扉を叩く音までした。向こう側で「開けろ」と怒鳴っている声も聞こえる。

遥の声だ。

佳人は虚脱したように今の今まで必死で開いていた目を閉じた。ふわりと意識が遠のく。眠りに抵抗する気力をなくした途端《とたん》、奇妙なくらいあっけなく、また穏やかな暗闇に引きずり込まれていった。

ドアを開けに行った高俊と遥が口論する声が微《かす》かに耳に届く。なんと言っているのかはもう佳人には理解できなかった。

＊

ひやりとした冷たい指先の感触に、佳人は再び意識を浮上させた。

今度は傍らに遥がいる。

「遥さん」

薬はもうほとんど抜けているようで、腕が動かせる。佳人は起き上がろうとしかけた。しかし、遥に押し戻されてしまう。

いつのまにかベッドに寝かし直されていた。

遥はいつものようにぶすっとした冷たい表情をしていたが、どうやら怒ってはいないようだ。それが何よりも佳人を安堵《あんど》させた。

高俊との間にどんな遣《や》り取りがあったのか、知るのが怖い。遥の顔に殴られたような形跡は残っていないので、たぶん拳《こぶし》でやり合いはしなかったのだろう。

聞きたいことは山ほどあるのだが、この場合佳人は遥の言葉を待つしかない。遥も以前に比べるとずいぶん喋ってくれるようになっていた。

遥はしばらく佳人の顔を探るように見ていたかと思うと、いきなり眦《まなじり》を吊り上げ、吐き捨てるように言った。

「いったいおまえは、一人では街も歩けないのか」

言い方はあくまでぶっきらぼうだが、遥の口調には明らかに心配していたことを感じさせるものが交じっていた。佳人は素直に頭を垂れる。

「すみません」

「前にもあいつには気をつけろと言っただろうが！　俺はあの男に、ここぞとばかりにからかわれたんだぞ！」

からかわれた、という表現に佳人はかなり戸惑った。いったい高俊は何が目的でこんな手の込んだまねをしたのかと訝《いぶか》しくなる。

遥は珍しく首筋だけを赤くして、気恥ずかしさでいっぱいの表情をしている。そういう顔を見

せられるのは初めてのような気がした。

ああそうか、とたちまち納得できた。

もしかすると高俊は、遥のこういう顔が見たかったのではないだろうか。最初から佳人に何かするつもりではなく、佳人を自分の手の内に入れ、そのために焦って感情を剝《む》き出しにする遥こそが、目当てだったのだ。だからわざわざ妹まで使って拉致しておきながら、佳人自身には何もしなかったのだろう。それ以外に納得のいく説明を考えつけない。

「遥さん!」

佳人は遥の首に両腕を回して縋《すが》りつく。

「おい……」

「おれは本当に弱くなりました」

しっかりと抱きついて身を寄せると、上着を脱いでネクタイまで外した遥の胸板からは、スーツを着たときにいつもつけている男性用トワレの香りがした。佳人はその香りを嗅《か》ぐと帰るべき場所に帰ったような深い安堵感に包まれる。

「佳人」

遥の手が佳人の髪を撫で、背中に回した腕でぎゅっときつく抱きしめる。こんなふうにして息もできないくらいに抱かれるのが佳人は好きだ。遥に俺のものだと宣言されているようで、嬉しい。

「遥さんを心配させて、本当に悪かったと思うんですけど……それと同時に、もっと心配してもらいたい気もするんです」

うまく言えずもどかしさを感じながらも、佳人はようやくそれだけ言葉にして心の内を晒《さら》した。

「せっかくだがな、俺はこんな思いをするのは二度とご免だ」

遥は尚いっそうきつく抱いてきて、乱暴な口調で言う。

「あんまりこんなことが続くなら、俺はおまえをまた以前のように外に出したくなくなるぞ」

佳人の頭に、秋に起きた事件が甦《よみがえ》る。

あの時のことを思い出すと、いまだに体が震えてくる。だから普段はなるべく考えないようにしているのだが、今の遥の言葉で、遥もそのことを思い出して言っているのがわかり、佳人もいやでも記憶を刺激された。

「ごめんなさい、遥さん」

体の震えが伝わったのか、遥が佳人の唇に、押しつけるようなキスをしてくる。

「あ……んっ……」

キスはすぐに深くなり、佳人は遥の舌を口の中に受け入れて、自分の舌と絡めた。

体が熱く火照ってくる。

見知らぬホテルの一室で、このまま抱き合ってもいいのだろうか。

「これはな、あいつからの一足早いクリスマスプレゼントだそうだ」

佳人の躊躇《ためら》いを敏感に察したかのように、遥がそっけなく教えてくれる。

「大きなお世話と突っ返したいところだが、おまえがこんなに積極的になっているのを見たら、この際ありがたく受け取らせてもらおうという気になった」

高俊のにやけた顔が浮かぶ。

遥は佳人の服を剝《は》ぎ取り、自分も裸になった。

シャワーを浴びたいと思ったが、遥は当然のごとく「必要ない」と却下した。

遥の熱心な指が佳人の全身をまさぐり、気持ちよくしようと蠢《うごめ》く。

「パーティー会場にいたんでしょう?」

「ああ。最悪だった。俺はだいたいからして宴会ごとが好きじゃないんだ」

遥はいかにも煩わしそうに顔を顰《しか》める。

「今夜のあいつはやけに機嫌がよすぎて、最初から変だなと疑ってはいたんだ。そうしたら案の定途中から消えていなくなるし、あいつの妹だという女が俺を探しに来るじゃないか。彼女にこの客室の番号を言われて、おまえのことを匂わせられたときには……」

そこで遥は唐突に言葉を途切れさせ、佳人の体をきつく抱きしめてきた。息苦しいほどの強い抱擁《ほうよう》だった。

「喋りすぎた」

「おれは遥さんにもっともっと喋ってほしいです」

佳人は心の底からそう思っていた。確かに遥は秋からこっち、よく気持ちを口に出してくれるようにはなったのだが、まだまだ十分ではなかった。

「おれは心の機微に疎《うと》くて、なかなかあなたの気持ちがわからないから、だから、なんでも話してほしいと思うんです」

「言葉がそんなに必要か？」

こうして抱き合っているのに、というように遥が佳人に硬くなった腰の中心を押しつけてくる。佳人はお約束のように耳朶《みみたぶ》まで赤くなった。こういう会話には本当に慣れ切らない。遥が相手だと羞恥心が先に立ち、特に戸惑ってしまう。

「遥さんが好きだから、もっと遥さんを知りたい。だめですか」

「もういい」

「あっ」

再び口を塞がれて佳人は艶めいた喘ぎ声を出す。

「今度ゆっくりと聞いてやる。知りたいことは全部教えてやる。だからもう黙れ」

遥の長い指が佳人の柔らかな襞《ひだ》を捲り上げ、そこを蹂躙《じゅうりん》されて満たされる快感を佳人に期待させる。遥のもので奥まで貫かれることを思うだけで、体が歓喜に震え、熱っぽい吐息が唇から零《こぼ》れる。

遥で中をいっぱいにされ、壊されそうなほど揺さぶられたい。

佳人が小さく喉を鳴らすと、遥は口元を吊り上げて不敵に笑った。佳人がどれほど遥を欲しがっているかわかり、誇らしいのだろう。

今度、遥の誕生日を聞いてやろう。

佳人は時間をかけて濡らされ、柔らかく解された器官に遥を受け入れながらそう思った。

「あぁあっ、あっ」

昏からあからさまな悦楽に満ちた嬌声《きょうせい》が出る。

このまま遥と二人で長い夜を過ごすのだ。

遥は何度でも佳人を奪ってくれるだろう。

もちろん佳人も、遥の綺麗《きれい》な顔が快感に歪むのを、何回でも見たいと思っていた。

＊

「つまり、お兄さんは誰を落としたわけ？」

紗智子は左手首に巻いた美麗な腕時計をうっとりと眺めつつ、高俊に聞く。高俊はいつものようにメンズ雑誌を膝に広げていたが、ページを読んでいる気配もなく、さっきからニヤニヤニヤニヤと薄気味の悪い満悦顔を晒しているのだ。紗智子がいい加減うんざりしても当然だろう。

「最初から目的は、すらっと細くて綺麗な佳人さんじゃなくて、どこからどう見ても立派な殿方のくせにばかみたいに整った顔をした、あの冷たそうな遥さん？」

「なんだそのすごい形容詞の羅列《られつ》は」

「嫌味よ」

ムッと高俊は嫌そうな顔をして紗智子を流し見る。

わかっているのなら聞くな、の心境だった。

とりあえず、今は最高に機嫌がいいので紗智子にも寛大で鷹揚《おうよう》な気持ちになれる。

いつも取り澄ました遥があれほど慌てふためいた顔をしたのだ。しっかりと溜飲《りゅういん》を下げた高俊だった。

WASHITSU

通販会社メイフェアに行くと、遥《はるか》はまだ企画会議の最中で、もうしばらくかかりそうな按配《あんばい》だった。

事務の女の子が申し訳なさそうにお茶を出してくれ、「なんだか長引いているんです」と佳人《よしと》に耳打ちする。

毎年九月末に上半期の決算をするのだが、七月が終わった時点でファブリック関連の商品の動きが今ひとつで、至急対応策を練る必要が生じたのだ。今期中に赤を黒にひっくり返すのは無理でも、来期こそはよい結果が出るようにしなくてはならない。通販ブームに乗ってこれまで至極《しごく》順調にきていたメイフェアの経営を、遥はほとんど専務や部長に任せていた。他にも見なければならない会社がいくつもあるので、安定しているところは極力現場の人間に采配を振るわせていたのだ。昨年度まではそれで十分回っていたのだが、今期はさすがに少し息切れしてきたようだ。今日、遥は午前中から対策会議を開いている。

「さっきお茶を替えに入ったら、そろそろ締めに入ろうか、って社長がおっしゃっていましたから、あと二十分もすれば終わるとは思うんですけど」

艶《つや》のあるさらさらのロングヘアをした事務の女の子は、光谷《みつたに》という。今年の三月に入社して総務に配属された新人だ。新人だが、以前とある大手企業に三年ほど勤めていただけあって、社会経験は積んでいる。仕事ができて気が利き、性格もよく、そのうえ綺麗《きれい》で可愛らしい。佳人は彼女に好印象を持っている。遥も、口には出さないが、気に入っている様子だった。

「この後のスケジュール、大丈夫ですか?」

細い首を僅《わず》かに傾げて聞く光谷に、佳人はにっこりと微笑み返しながら「ええ」と頷《うなず》いた。

「今日はもう何もないので平気です。たぶん、社長はこの後会議のメンバーと飲みに行かれるのではないかと思うんですが、できればその前に目を通していただきたい書類が何件かあるので届けにきました」

「久保《くぼ》さんも大変ですよね」

「そうでもないですよ」

日頃あまり女性と話をする機会のない佳人は、光谷を前に軽く緊張していた。広いフロアの右端をパーティションで仕切り、応接セットを据えた四畳半ほどの場所で、光谷のようないかにも女性らしい女性と二人きりでいると、どう対していいかわからずに戸惑う。

パーティションの向こう側からは、電話の鳴る音や話し声、パソコンのキーボードを叩く音やコピー機の音などがひっきりなしにして、オフィスらしいざわめきに包まれているのだが、こちら側はまったくの別世界のようだ。

意識するほうがおかしいとはわかっているが、慣れないので間がもたず、なんともぎくしゃくした雰囲気になってしまう。

もし光谷が、佳人をここに一人で待たせておくのを悪いと感じてくれているのなら、気にしなくていいから仕事に戻ってくださいと言いたいところだった。

しかし、どうやら光谷も佳人に個人的に関心があって少し話がしたいらしく、お茶を出してからもなかなか立ち去る気配がない。

遥と佳人が社長と秘書以上の関係だと知っている人間はそう多くない。はっきり事情を話してあるのは黒澤《くろさわ》運送にいる柳《やなぎ》係長だけである。その他に、打ち明けてはいないがそうに違いないと確信している者が若干名、さらに、もしかするとと薄々勘づいている者たちがちらほらいるようだ。メイフェアに入って五ヶ月にしかならない光谷が、何も知らずに、ちょうど年頃も自分とぴったりで独身の佳人に興味を抱いても、自然といえば自然かもしれなかった。社長というだけでも気後れする存在の上、始終不機嫌そうに顔を顰《しか》めて喋《しゃべ》り方もぶっきらぼうな遥に比べると、佳人はあたりが柔らかいのでとっつきにくさがないらしく、話しかけやすいようだ。

「社長秘書っていろいろな部分で気を遣わないといけないんでしょう。疲れませんか」

両腕を前にしてお盆を持ったまま、光谷が言葉を続けてきた。こんなふうに二人きりで佳人と話をする機会を心待ちにしていたようで、大きめの瞳に喜色と好奇心が浮かんでいる。

「久保さんが秘書になられて、今ちょうど丸一年だってお聞きしたんですけど、もう慣れました？」

「最初の頃よりはずいぶん慣れたように思います。でも、まだまだですね」

「私もまだまだなんですよ。毎日なにかしら失敗して落ち込みます」

「光谷さんがですか」

「あ。久保さん私の名前、覚えていてくださったんですね！」

光谷は佳人に名前を呼ばれたことが本気で嬉しかったらしい。顔が一段と晴れやかになる。

先ほどまでは、まだ光谷のほうにもあまり馴れ馴れしくしてはいけないと遠慮している雰囲気が窺《うかが》えたのだが、今のをきっかけに、二人の間の空気にぐっと親密感が増したようだ。佳人もいくぶん肩の力を抜いた。

「息抜きには何をしているんですか？」

「……あえて言えば料理、かな」

息を抜かなくてはいけないと感じたこと自体があまりないのだが、佳人は躊躇《ためら》いながらもいちおうそんなふうに答えた。遥のために何かしているとき、佳人は一番気が落ち着く。食事の準備をしながら遥のことを考える時間が特に好きだ。

「久保さんお料理が趣味ですか。結婚したら奥さん助かりますね」

結婚と言われても佳人は曖昧《あいまい》に苦笑するしかない。たぶん、佳人は一生結婚はしないだろう。たとえ遥に別れを切り出されるようなことがこの先あったとしても、遥以上に好きになり、一緒にいたいと思える相手とは巡り合えない気がする。自分が結婚して誰かの夫になる光景など、ちらりとも想像できなかった。

休みの日はどう過ごすのか、最近観た映画は、などと次々に話しかけられて、佳人はまた少し気詰まりになってきた。確かに光谷には好感を持っているのだが、プライベートな部分まで知りたいとは思わない。

そろそろ仕事に戻ったほうがいいのでは、と佳人が言葉の端にやんわり匂わせると、光谷もさすがに自分が舞い上がりすぎていたと気づいたようで、恥ずかしそうにした。

「そうでした。私、資料庫から経理関係の書類を探してこなくちゃいけないんでした。いやだ、もう、私ったら。じゃあ、失礼します。会議が終わったらお知らせしますから、こちらでごゆっくりなさっててくださいね」

光谷はいっきに喋ると、佳人のすぐ傍《かたわ》らでぺこりと一礼する。

「お茶、わざわざありがとうございました、光谷さん」

佳人もソファから立ち上がり、慌てて踵《きびす》を返す光谷を見送ろうとした。

お喋りに興じすぎた気まずさで動揺していたせいか、いつもは颯爽《さっそう》と歩く光谷が、五センチはあると思《おぼ》しきハイヒールの底をずるりと滑らせたのはそのときだ。

「きゃ……っ！」

「光谷さん！」

危ない、と佳人は反射的に身を乗り出し、転びかけた光谷を両腕で抱き留めた。

「く、久保さん」

予期せぬ事態にすっかり我を忘れた様子の光谷が、そのまま佳人に抱きついてきた。滑って転ぶところだった恐ろしさで全身をヒヤリとさせたらしい光谷の心臓は、動悸を激しくしている。

佳人には、しがみついたままでいる光谷を押し退けることなどできなかった。誰かに見咎《みとが》められたら社内で勤務中に何をしているんだ、と誤解されかねない格好になっていたが、それより動転している光谷を気遣う気持ちが強かったのだ。

抱きつかれたとき、ああ女の子ってこんなに細くて柔らかいんだな、と不思議な感触を覚えた。他意はなく、単純にそう感じただけだ。きっと遥に抱かれる自分はこれとはまったく違う。肉が薄く骨張っていて、さぞかし抱き心地が悪いのではないだろうか。遥は本当に満足しているのか、ふと不安になりもした。

「大丈夫？」

あまりいつまでもこうしてはいられない。

気を取り直した佳人が光谷の顔を覗き込んで優しく確かめたとき、不意にパーティションの切れ目から、上着を脱いでネクタイを緩め、いかにもたった今会議が終わったというように疲れた表情をした遥が姿を現した。

「来ているのか、久保」

てっきりこちら側にいるのが佳人一人だと思っていたらしい遥は、光谷を抱き寄せている佳人を目にし、みるみる不快そうな顔つきになった。

不意を衝かれて驚いたのは佳人と光谷も同様だ。慌てて身を離したものの、突然社長にこんな場面を見られてしまい、咄嗟《とっさ》に言葉が出ない。頭の中が真っ白だ。

「……邪魔だったようだな」

氷のように冷たい声で遥は言い、佳人にジロリと侮蔑《ぶべつ》に満ちた一瞥《いちべつ》を投げつけると、二人に弁解をする余地も与えずさっさとその場で踵を返してしまった。

＊

たぶん、疚《やま》しいことなどなにもなかったことは遥にも十分わかっているはずだが、あれから遥は不機嫌に黙り込んだまま、佳人と目を合わせようともしない。

佳人が踏んでいたとおり、長丁場だった会議後にメイフェアの社員と飲む話が出ていたようだが、遥は結局心付けだけ渡して参加せず、さっさと帰宅の途《と》に就いた。

中村《なかむら》が運転する車の中でも無言は続き、助手席に座った佳人は気が気ではなかった。釈明しようにも、遥はとりつく島もない。佳人に話しかける隙を与えないのだ。佳人は口を開きかけては諦めるということを、何度も繰り返した。

一度だけ、「怒ってますか?」と聞くことができたのだが、遥は答えようとせず、頰の肉をピクリと引き攣《つ》らせただけだった。

深い溜息が出る。

遥が無口で無愛想なのは今に始まったことではないが、こういうケースは初めてだ。どうすればいいのかわからない。悪いことはしていないのだから謝るのは変だろう。むしろ、謝ればさらに遥に疑いを持たれるかもしれない。

一言の会話もないまま、車は自宅に到着した。

「どうも、お疲れ様でした。明日もまたよろしくお願いします」

佳人が中村と挨拶《あいさつ》を交わしているうちに、遥は先に門を潜《くぐ》って屋内に入ってしまった。

この先は本当に遥と二人きりだ。通いの家政婦はとうに引き揚げている。今夜の夕食は用意しておいてもらわなかったので、いつもなら佳人が何か作るところだが、遥はきっと出前を取るつもりだろう。佳人の手料理を食べる気分ではないに違いない。

その予測は当たった。

中村を見送り、玄関を上がると、寿司屋に握りを二人前頼む電話をしている遥の声が聞こえてきたのだ。

……怒ってる。これは、相当、機嫌を損ねているときの遥だ。少しでも佳人を許していれば、遥は絶対に出前の電話など自分ではかけないはずだった。佳人にかけろと顎をしゃくっただろう。

電話を切った後も、さらに遥は傍《そば》に来ていた佳人を頑《かたく》なに無視し、そのまま浴室に行ってしまった。湯を張る間も待とうとせず、シャワーを浴びてすませる音がする。

佳人はどうすればいいかわからなかった。

まさか本気であのとき変なことがあったと思っているのだろうか。あり得ないと思うのだが、こうまで徹底して拒絶する振る舞いを示されれば、不安を覚えずにはいられなくなる。気になって、傍を離れられなかった。

「遥さん」

バスタオルを腰に巻き、髪から雫《しずく》を垂らしたまま浴室から出てきた遥に、佳人は思い切って話しかけた。

「なんだ」

ようやく遥がぶっきらぼうながら口を利いてくれる。しかし、まだ視線を合わせようとはしてくれなかった。

「……あの」

誤解なんです――そう言おうとしたが、いざとなると声が出ない。遥にもそんなことはわかっているはずだ。それでもなおかつ怒っているとすると、その原因がわからない。遥の気持ちが読めなくて、佳人は困惑し、臆病になった。これ以上遥を不愉快な気分にさせたらと思うと、どんな言葉も簡単に出せなかった。

あの、と言い始めたきり唇を閉じ、俯いてしまった佳人を、遥が辛抱強く待つはずもない。

ブワアッとドライヤーの音がし始める。遥は洗面台の鏡に向かい、髪を乾かし始めていた。

べつに用事もないのだからいつまでもサニタリーにいるのも変なのだが、どうしても体を動かせない。いっときでも離れれば、取り返しがつかなくなるような切羽詰《せっぱつ》まった心地がして、何もできなかった。

髪を乾かし終えた遥は、ずっと斜め後ろに立ち尽くしていた佳人の横を、まるで置物か何かが立っているかのように無視した態度で通り抜けていく。

佳人には遥を「待ってください」と引き止めることもできなかった。

忸怩《じくじ》たる気分で、佳人は遥の裸の背を見送った。遥は階段を上って二階へ行く。寝室で部屋着に着替えるつもりだろう。

こうまで徹底して存在を否定される態度を取られると、さすがに佳人もこれ以上遥の後を追う気にはなれない。嫌がられるのがオチかもしれないのだ。

仕方なく、重い足取りで居間に行った。

しばらくすると寿司屋が出前を届けにきた。佳人が寿司桶を受け取って廊下を戻ってきたところで、二階から下りてきた遥と鉢合わせた。

「お寿司が来ました」

今度はいきなり顔を合わせたので、躊躇《ちゅうちょ》する暇なく、言葉が先に出た。

「先に食べろ」

遥もさらりと返す。そのまま書斎の方へと行きかけた。

佳人はもう一度勇気を奮い立たせ、今度こそ遥を引き止めた。

「お仕事、ですか?」

遥は振り向かず、否定しないことで返事をし、書斎の中に籠《こ》もってしまった。

*

先に食べろ、の次は、先に寝ろ、だった。

佳人は逆らわず、寝室のベッドに一人で先に横になり、遥を待った。このまま朝までわけのわからない状態のままなのかと思うと耐えられない。

とても寝つかれず、佳人は何度も寝返りを打っては悶々《もんもん》とした。

枕元の明かりを絞ってつけた薄暗い室内で、時間の経つのをことさら遅く感じつつ、佳人は耳だけをそばだたせていた。

階段を上る足音に気づいたのは、どのくらいしてからだろう。

佳人は息を潜め、緊張した。

まだ起きていたと知られるのもバツが悪いが、寝た振りをするのも躊躇われる。どうしよう。どんなふうにして遥を迎えればいいのか。佳人は心臓が痛んで胸が苦しくなるほど鼓動を速くした。耳の奥でキーンと音がする。

しかし、階段を上り詰めた遥は、寝室のドアを開ける代わりに、隣室の和室の引き戸を開け閉《た》てした。

佳人は思いもしない成り行きに激しいショックを受け、慌てて毛布をはね除け、起き上がる。

まさか、一人で和室に寝るつもりなのだろうか。

……そんな。信じられない。

佳人は矢も楯も堪らなくなって、スリッパを履くのも忘れ、裸足のまま寝室を横切った。ベッドの周囲以外は暗くてよく見えない。途中、ソファの肘掛けに太股のあたりをぶつけ、よろけたついでにもう少しでその横のスタンドを倒しそうになったが、いちいち痛がる余裕はなかった。

「遥さん！」

声をかけるなり返事も待たずに、引き戸を開ける。

ちょうど押し入れから布団の山を持ち出したところだった遥が、おもむろに振り返る。

「何がそんなに気に障《さわ》ったんですか。お願いだから言葉にしておれに言ってください」

佳人は真っ直ぐ遥に歩み寄ると、感情を乱しているのを取り繕わず、迫り上がってきた気持ちのまま率直に伝えた。

「光谷さんとのことをもし誤解しているのなら、おれは、本当に——」

「違う」

憮然《ぶぜん》とした声で遥が遮った。

ドサッと布団を畳の上に放り出す。

「そうじゃない。俺は、なんでもないとわかっているはずのことに、嫉妬《しっと》して苛立ってしまう俺自身が……腹立たしかっただけだ」

えっ、と佳人は意外な返事に目を瞠《みは》る。

遥はいかにもきまりの悪そうな、できれば白状したくなかったという表情をして、佳人を睨《にら》んでいる。こんなふうに素直に真情を吐露《とろ》する遥はおそろしく珍しかった。佳人が率直に迫ったので、遥までいつもの意地を張るのを忘れたのかもしれない。

「しばらくここで頭を冷やし、気持ちを落ち着けて、なんとか朝までに平常どおりになろうと思っていた」

「嫌です。そんなこと」

今度は遥が虚《きょ》を衝かれた顔をした。佳人がなりふりかまわずに遥の体に抱きついたからだ。

「……おい……佳人、おまえ……」

普段とは違う佳人に遥は戸惑い気味だ。それでもやがて、佳人の腰に腕を回し、抱いてきた。

「おれは今夜、あなたから離れません」

ここで一緒に寝たい。佳人が初めて自分からそう言うと、遥ももう何も言わなかった。

湿ったキスの音ががらんとした和室に響く。

二人はその晩、普段は使っていない和室に床《とこ》を延べて寝た。

Off Time

午後八時。

新宿《しんじゅく》にあるアダルトビデオ制作会社『TRIBEKS《トライベックス》』を訪れた遥《はるか》は、ドアを引いた途端《とたん》に内側から鉄砲玉のように飛び出してきた子供に驚いた。もう少しでぶつかりそうになるところだったのを、あやうく避ける。

「こおらぁ、待て！　走るな、このお転婆《てんば》！」

すぐ後から、今度は固太りの男がはあはあ息を荒げながら走ってきて、遥の傍《かたわ》らをドタドタと通り過ぎていく。確か撮影助手をしている山田《やまだ》という男だ。山田は子供を捕まえるのに必死で、社長である遥に気づく余裕もなかったようだ。すでにさんざん振り回されているのか、顔を真っ赤にして汗みずくになっている。

真剣な山田に対し、子供は完全に面白がっていた。きゃっきゃっと楽しげな笑い声を上げ、一目散に走っていく。どうやら鬼ごっこをして遊んでいるつもりらしい。

遥は呆気にとられ、子供を追って狭い廊下を非常階段に出る扉の方へ駆けていく太った背中を見送った。

「なんなんだ、あの子供は……？」

「スタッフの方のお子さん、でしょうか？」

遥の後ろに従っていた佳人《よしと》も、この出合い頭《がしら》の思いがけない騒動に目を丸くしている。遥同様、佳人も幼い子供には免疫がないようで、戸惑いを隠せない様子だ。

来客応対用に形ばかり設《もう》けられた小さなカウンターの横を通り抜け、段ボールや器具、備品などで雑然とした事務所内に入り込む。

「あれっ、社長」

ミーティングに使用する楕円の大テーブルに着き、タバコを吸いながら刷り上がったばかりと思《おぼ》しき商品カタログを眺めていた三峯《みつみね》が、遥と佳人に気づいて頓狂《とんきょう》な声を出す。

「どうしたんっすか。今日こっちに見えられるご予定でしたっけ？」

「いや。たまたま用事があって近くまで来たんで寄ってみた。この時間ならまだ誰かいるだろうと思ってな。もっとも、監督が事務所にいるとは意外だったが。珍しいこともあるもんだな」

「ははぁ」

三峯は佳人にちらりと流し目をくれてニヤニヤと口元に薄笑いを浮かべ、何事か納得した顔つきになる。遥にも三峯の考えそうなことはわかった。もし三峯がいると知っていたならば、わざわざからかいのネタにされかねない佳人を連れ、用事もないのに『TRIBEKS』の事務所に来はしなかった、しくじった——きっとこんな具合に、遥は後悔しているだろう。そう推察したに違いない。

元々下世話な勘ぐりの好きな男で、ときどき遥も腹に据えかねるのだが、決して悪い男ではないし、監督としては有能だ。会社にとって必要な人材なのは確かだから、多少不愉快でも目を瞑《つぶ》らねばならないこともある。

遥は鋭い視線を三峯に投げ、よけいなことは言うな、と無言のうちに牽制《けんせい》した。短くもない付き合いの三峯は、遥の顔色を読み、はいはい、とばかりに肩を竦《すく》めてみせる。遥の前で佳人にちょっかいを出す気はない、というつもりらしい。

佳人もまた三峯に対するとどうしていいのかわからなくなるようで、遥が三峯の左手にある椅子に座ると、給湯室でお茶を淹《い》れてきますと言い置いて、席を外してしまった。おそらく佳人にも三峯の悪意のなさは伝わっていて、だからこそ対応に困るのだろう。冷やかされたり当てこすられたりすると、なまじ遥との関係が三峯の確信に満ちた推測通りなだけに、返す言葉をなくして動揺するのだ。

「吸いますか、社長？」

三峯がタバコの箱を軽く一振りし、遥に差し出す。

普段喫煙しない遥はそっけなく断って、テーブルの中央付近に積み重ねてあったソフトケース入りのサンプルＤＶＤのうち、上から二本を手に取った。パッケージを裏表ざっと見る。

「たまには社長もそういうの観てヌクんですか？」

テーブルに肘を突き、大きく吸い込んだ煙を長々と吐き出しながら、三峯は興味津々といった顔をする。

「まぁ、若い頃は人並みにそんなこともあったが……」

「若い頃って！　まだ十分お若いじゃないスか！　社長はオレより五つは若いはずでしょ」

「三社目を興《おこ》した時から、頭の中が事業欲でいっぱいになったからな」

「確かに社長が一人でやってるとこなんか、想像できないですけどね」

三峯は相変わらず人の悪そうなにやけ顔をしている。

遥は取り合わずに十本ほどある新作ＤＶＤに目を通していった。どれもこれも男の性欲を刺激する画像とあおりが散りばめられていて、購買意欲をそそるであろう出来だ。

「どうです、そそります？」

「ああ。悪くない」

「なんでしたら、それ全部持って帰られてもいいっスよ」

「いらん」

遥がすげなく断ると、三峯は顎を仰け反らせ、ハハハと声を上げて笑った。

ちょうどそこに佳人がお茶を載せた盆を持って戻ってきて、「あの……？」と当惑して遥の顔を見る。

どうせ元々事務所の様子を見に立ち寄っただけだ。お茶を飲んで一服したら、今日のところは早々に引き揚げ、久々に家でのんびりしよう。佳人ともしばらくゆっくりしていない。

そんなふうに考えつつ、茶碗の蓋を開けたときだ。

ドタバタと騒々しい足音がして、「きゃあ、あはははは」という甲高い笑い声と一緒に先ほどの女の子が事務所内に走り込んでくる。

遥はあからさまに眉を顰《ひそ》めた。

「監督、なんだあの子は？」

厳しい口調で詰問《きつもん》すると、三峯はあちゃあと手のひらで両目を覆った。

「歩美《あゆみ》ちゃんて子で、松本《まつもと》のりかの娘なんですけどね」

「松本のりか？　ＡＶ女優の？」

「そうです。Ｆカップの巨乳で最近売れ売れの二十二歳」

「その娘がなぜ事務所の中を走り回って山田と追いかけっこしてるんだ。母親ののりかはどうした？」

「いやぁ、それがですねぇ……」

実はこっちも参ってるんですよ、と三峯は弱った表情で頭を掻く。

三峯の話によると、夕刻前の四時頃、「ママにここに来いと言われた」と言って四歳の娘が単独でやって来たらしい。

すでに今日は帰宅した事務の女性が、のりかに連絡を取ろうとしたのだが、通じない。携帯電話は電源を切られたままで、自宅にかけても応答なしだったそうだ。

仕方なく歩美を預かり、退社する時間ギリギリまで面倒を見たものの、のりかはいっこうに現れない。遅ればせながら所属事務所にスケジュールを確認したところ、なんと、今日から三日間の予定で石垣島《いしがきじま》に撮影に出ているという。

三峯の話を聞いているうちに、遥は眉間に縦皺を寄せていた。

「それじゃあ、あの子、それまでどうするんですか？」

思わず佳人まで心配げに話に入ってくる。のりかが未婚の母だと聞いて、じっと成り行きを見守っているばかりではいられなくなったようだ。

「ああ、そんでね、どうしたもんかと、さっきからスタッフみんなで頭抱えてたんですよ」

なるほどそれで三峯も帰るに帰れなくなって事務所にいたらしい。たまたま機材を置きに来たら、とんでもないところにぶつかった、とぼやく。

遥はさっきまで三峯に感じていた不愉快さを払拭し、フッと密かに口元を緩ませた。三峯には案外義理堅くて情に厚い一面がある。事務員を先に帰らせて、あとはこっちでなんとかするからと言い切ったあたり、上に立つ人間としての責任感も持ち合わせている。

「今日から三日間ということは、日曜の夜にはのりかが引き取りに来るというわけか？」

「たぶんね。のりか自身とは撮影中だとかで話してないらしいけど、マネージャーと連絡がついて、のりかが迷惑かけてゴメンナサイって謝ってて、夕方には必ず迎えに行くから、それまでなんとかヨロシクと言ってるそうなんですが」

「なんとかよろしくじゃないだろう。いい加減な母親だな、まったく」

「社長」

不機嫌さを丸出しにしていつも以上に冷淡な声音になった遥を、佳人が控えめに宥《なだ》める。遥は佳人の顔を見て、黒く澄んだ瞳にある種の決意が表れていることに気づき、目を眇《すが》めた。聞かずとも、佳人の考えが読めたのだ。

——冗談だろう。いくら社内で生じたごたごたの最終責任を取るのは社長である俺だといっても、男所帯で子供の扱い方など何一つ知らない家に、あの四歳児、しかも女児を預かるなんて、無茶もいいところだ。

遥の本音はそんなふうだったが、佳人に真っ直ぐな視線を向けられると、気持ちとは裏腹に遥まで覚悟を決めなければならない雰囲気になってきた。

「……仕方ない」

遥は諦観《ていかん》に満ちた声で低く呟《つぶや》く。

こんな場合、遥はどうにも佳人に弱い。潔《いさぎよ》くて情の深い佳人が眩《まぶ》しかった。自分のこと同然に他人を心配するお人好しな一面が、せつなくて愛しくて、せめて遥も自分にできる限りの手助けをしてやらねばと思うのだ。

遥の呟きに三峯が「へっ？」と目を瞠《みは》る。

佳人も、まさか、と半信半疑の表情をしていた。

「つまり日曜までその子を誰かが預かればいいんだろう、監督？」

「そう、まさにそうなんですがね」

「うちで預かる」

深々とした溜息を吐きながら、遥は淡々と言った。傍らで佳人が息を呑む。よもや遥がこうもあっさり佳人の考えた最善の方法に合意するとは思ってもみなかった様子だ。遥自身、自分の柔《じゅう》軟《なん》な言動に驚いている。佳人がいなければ、決して自分からこんなことは言い出さなかっただろう。警察に事情を説明し、しかるべき場所に預かってもらえ、と冷たく突き放したに違いない。

「いやぁ、そうしていただけたら、オレたちもめちゃめちゃありがたいんスけど……、本気ですか？」

「冗談で子供一人預かるなんて無責任なことが言えるか」

気恥ずかしさから、むすっとしたまま突っぱねる。

三峯の顔に現金なくらい晴れやかで媚を含んだ笑みが広がった。

「そーですか。さすがは社長。助かりましたよ。明日も早朝から撮影の予定が入っているし、どうしようかとホトホト困っていたところでした」

「ああ」

遥は三峯におざなりな相槌《あいづち》を打つと、佳人に向き直り「帰るぞ」と促した。飽きもせずに事務所内を駆け回っては山田を翻弄している歩美を連れてこいと顎をしゃくる。

佳人が心得た態度で頷き、机の下に潜《もぐ》り込んではしゃぎ声を上げている歩美に近づいていく。

傍らで見ていた三峯が「ヒュウ」と短く口笛を鳴らす。

佳人との仲を冷やかされたようで、遥は舌打ちしたくなるほど癪《しゃく》だった。

＊

「ゆうえんち！　ゆうえんちに行こう、佳人お兄ちゃん！」

昨晩は帰宅途中に社用車内で眠りこけ、とりあえず和室に敷いた布団に寝かせるだけですみ、子供に不慣れな遥と佳人を安堵《あんど》させた歩美だが、朝起きるなり大騒ぎし始めた。

「遊園地だと？」

「え、ええ……」

さっそく顔を顰めた遥に、佳人が恐縮し切った上目遣いになる。自分の希望を言っているのではないだけに、いったいどんな態度を取ればいいのか戸惑っているようだ。遥としては、そんな佳人の、これまでに見なかった新たな一面を知れただけで、遊園地という本来であれば不本意極まりない提案も、まんざら悪くない気がした。

「近場だぞ。千葉くんだりまで土曜に出掛けるのはごめんだ」

いちおう面倒くさそうに渋々と了解してみせながら、心の中では、佳人と出掛けるめったにない機会だと思ってもいた。元気のよすぎる女の子にせがまれでもしない限り、二人では永遠に行かなかった場所かもしれない。

歩美はすっかり佳人に懐いている。始終顰めっ面をして抑揚《よくよう》のない喋り方をする遥のことは怖がって、敬遠している様子だが、そのぶん佳人に纏わりついて甘える。子供の扱いは不得手だと言いながら、佳人の子守ぶりはたいしたものだ。本気で子供が苦手な遥とは雲泥《うんでい》の差だった。

朝食もそこそこに、都内にある遊園地へと車を走らせる。

普段であれば休日に出掛ける際には佳人にハンドルを握らせることが多いのだが、今回ばかりは遥が運転した。歩美がいるので、佳人も一緒に後部座席に乗ったのだ。

変な気分だった。

結婚して家庭を持った男が、休日に妻と子供を連れて家族サービスしているようだ。いつもは隣に座っているはずの佳人が後部座席だと、自分のものを横取りされた気がして、年端もいかぬ子供相手に嫉妬《しっと》心が湧く。もちろんそんな感情は微塵《みじん》も態度に示していないつもりだが、胸中は穏やかでいられない。

「ねぇ、ねぇ、お兄ちゃん、あれなぁに?」

「どれ? 鳥居のこと?」

窓にへばりついて次から次へと佳人を質問責めにする歩美は、確かに可愛くて憎めない感じだ。人見知りせず好奇心旺盛なところなど、のりかそっくりらしい。遥は三峯の言葉を思い出し、なるほどどと苦笑した。

行きがかり上とはいえ、一度引き受けたからには最後まで面倒を見るのは遥の義務だ。歩美が佳人を気に入ってくれて助かった、と思わねばならないところだろう。

駐車場に車を駐めると、歩美は大はしゃぎで佳人の腕を引っ張り、「早く、早く！」と急《せ》かす。

佳人は敵《かな》わないなと笑いつつ、照れくさそうに遥を振り返る。

「先に行け」

遥がぶっきらぼうに言うと、佳人はほんのりと頬を赤くした。子供に引きずられる自分が柄《がら》にもなく恥ずかしかったのだろう。

ゲートに向かって走り出した歩美を、佳人が慌てて追いかける。

遥はそんな佳人の後ろ姿を見やりながら、秋晴れの気持ちよい空気を胸いっぱいに吸い込んだ。

園内は人で賑《にぎ》わっていた。

あちこちで歓声や悲鳴が上がっている。

こんなところに来たのは何年ぶりになるのか、遥は定かでなかった。前回は、それこそ大学時代にまで遡りそうだ。

不意に、当時付き合っていた女性のことが頭を掠めた。

苦い記憶と共にあるため、彼女のことを思い出すたびに胸が苦しくなる。

「遥さん？」

黙り込んでしまった遥に、いつのまにか歩美の手を引いて遥の傍らに来ていた佳人が、気遣わしげな表情で声をかけてくる。

「なんでもない」

遥はしっかりとした口調で返すと、じっと佳人の顔を見つめた。

今はこの男がいる。佳人が、他の何よりも大事だ。

そんな遥の想いが感じ取れたのか、佳人は面映《おもは》ゆげに視線を逸《そ》らし、「いい天気ですね」などといかにもその場しのぎの言葉を口にした。歩美には立派に面倒見のいいお兄さんぶりを発揮するのに、遥が相手だと相も変わらず不器用でぎこちない。要領が悪いのはお互い様だが、遥は自分のことは棚に上げ、おかしくなった。

「俺はあそこのベンチにいるから、おまえたちだけコースターでもメリーゴーラウンドでもなんでも乗ってこい。乗り物は苦手だ」

「そういえば船も駄目でしたね」

初夏にクルージングした時のことを思い出したのか、佳人が気の毒そうに微笑む。佳人自身、決して激しく揺れる乗り物が得意なわけではないようだが、歩美が「乗る、乗る」と言ってきかないので、「がんばってきます」と乗り場に向かっていった。

広域指定暴力団の親分に十年間囲われていた佳人にとっても、遊園地は久々だろう。

出会う以前の境遇は、似ていないようでいて、意外と共通するところが多い。

遥も孤独なら佳人も孤独——そこに遥は佳人との切れない絆を感じるのかもしれない。

ミニコースターに乗って戻ってきたとき、佳人は少々青ざめていたが、歩美はそれまで以上にご機嫌で、元気がありすぎるくらいはしゃぎまくっていた。

「次はねぇ、あれ！」

あれ、と高々と腕を上げて指したものは、園内で一番人気とガイドに案内されてある、いわゆる海賊船と呼ばれるアトラクションだ。二艘の大型船が振り子のように急上昇と急降下を繰り返す、なかなかハードな代物だ。

遥はふんと軽く鼻を鳴らすと、佳人の肩を掴み、それまで自分が座っていたベンチに代わりに座らせた。

「遥さん」

佳人が当惑し、心配そうな目で遥を振り仰ぐ。

「……あれはきっと、コースターより酔いますよ？」

「酔ったらおまえが今夜介抱してくれ」

含みを持たせた遥の言葉に、佳人は耳朶《じだ》まで赤くする。

遥はきょとんとしている歩美の腕を取り、「行こうか」と歩き出す。

背中に佳人の視線を感じ、心がじわりと熱くなる。

「ねえ、おじちゃん。歩美、お兄ちゃんと一緒がいいな」

くそ生意気なガキめ、と内心ムッとしながらも、ここは大人の余裕を見せて抑えた。

「これだけだ。次はまた佳人に相手をしてもらえ」

「あのさぁ、おじちゃんとお兄ちゃん、どういうカンケイ？」

「ええーっ、なんでぇ？　けち！」

けちってなんだ、と遥はまたカチンときたが、続けて歩美が「あっ！」と大声を上げたので、それに気を取られた。

「今度は何だ？」

「やっぱり次はあれに乗る！」

歩美が伸ばした腕の先には、カップルが列を作って順番待ちしているメリーゴーラウンドがあった。二十世紀初頭にドイツで建造されたアンティークなもので、ここの名物だ。

遥は四歳児の気まぐれに心の底から胸を撫で下ろした。

自慢ではないが、海賊船に乗れば確実に気分が悪くなる自信があった。佳人はともかく、子供の前でみっともない姿を晒すのは矜持《きょうじ》が許さないところだったので、救われたのは間違いない。

メリーゴーラウンドなら遥まで乗る必要はない。歩美一人を馬の背に跨《また》がらせ、遥は柵の外で終わるまで見守っていた。

ベンチに戻ると、二人が途中で方向転換してメリーゴーラウンドに向かったのを見ていたらしい佳人が、安堵した表情で遥を出迎えた。

「よかった」

ぼそりと洩らす言葉にも、深い愛情が込められているようで、遥は気恥ずかしさにそっぽを向く。

「佳人お兄ちゃん、船ぇ、船ぇ」

「うん。じゃあ行こうか」

歩美が佳人の腕をぐいぐいと引いて行く。どうやら歩美はどうしても佳人と一緒に海賊船に乗りたかったようだ。

「くそガキめ」

遥はベンチに座って足を組み、笑いながら悪態を吐く。

いくら懐いても、そいつは俺のものだ——子供相手に佳人を張り合うのもばかげているが、遥は冗談でもなく心の中で宣言した。

絶対誰にも渡さない。

子供と一緒の休日などという珍事は、生涯で今日だけだろうと思えば、たまには刺激になっていいか、と前向きに解釈することもできた。

＊

遊園地を後にしてからファミレスに寄って食事をし、さらにまだ遊びたいと主張する歩美を佳人が言い聞かせて、ようやく家に帰りついた。

まるでヨーロッパ諸国をハードな旅程で巡ってきたような疲れぶりだ。

「すみません、遥さん」

自分のほうが数倍疲れたはずの佳人にこっそり耳打ちして謝られ、遥はじろりと佳人を睨《にら》む。

「よけいな気を回すな。俺は一日運転手をしただけだ」

結局、歩美の守り役はほとんど佳人がした。レストランでお子様ランチを食べさせたのも、トイレについて行き、女性客にうさん臭がられながらドアの外で歩美が出てくるのを待っていたのも、お土産売り場でだだをこねるのを宥めたのも、みんな佳人だ。遥だと歩美が嫌そうな顔をして尻込みするので、仕方がないといえば仕方がない。

「小さな子供というのは、本当に手のかかるものなんですね」

玄関の戸を開けるなり一番乗りで家の中に入っていった歩美の靴を揃《そろ》えつつ、佳人がしみじみと言う。

「欲しくなったのか？」

「まさか」

佳人は目を瞠り、即座に否定した。

「おれには結婚も子供も関係のない話です」

静かにではあるが、きっぱりと断言する。

遥はしばらく佳人の真摯《しんし》な瞳を見つめていたが、やがて満ち足りた吐息と共に視線を逸らした。

「俺もだ」

さらりと一言だけ言って、書斎のドアへと歩み寄る。

「遥さん」

佳人が上擦りがちな声で遥を呼び止めた。

「あの……」

ドアの手前で振り返った遥に、思わず声をかけてしまったらしい佳人は続ける言葉を探して俯いてしまった。

「風呂、先に入れ。ついでに歩美も入れてやってくれると助かる。どうせ俺では怖がって嫌がるだろうからな」

「あ、はい。おれがやります」

「俺はしばらく本を読む。歩美を寝かしつけたら、声をかけろ」

「……はい。わかりました遥さん」

今夜はぜひとも佳人が欲しい。

佳人にも遥の意思は伝わったようだ。目に、抱かれることを期待した艶のある色が浮かぶのを遥は見逃さなかった。

ここ十日ばかりの間ずっと慌ただしくて、ひとつのベッドで寝ていても、単に寄り添い合って眠るだけの日が続いていた。今週末こそはゆっくりできるはずだったのだが、何の因果か予期せぬ乱入者が紛れ込んだ。二人で静かに過ごすことなど難しい状況になったわけである。相手が四歳児となると、愚痴《ぐち》を言っても始まらない。せめて夜だけは二人にさせてくれ、と願うばかりだ。昨晩は急な珍事に遥もとてもそんな気分にはなれなかったのだが、今夜はその分の反動もあってか、無性に佳人が欲しい。歩美もほどよく疲れたはずだから、佳人と大人の時間を過ごしても平気だろう。

風呂場できゃあきゃあ騒ぐ歩美の声を、書斎で微かに耳にしつつ、遥はノンフィクションのソフトカバー本を読み耽《ふけ》った。

はじめは意識していたはずの周囲の物音も、没頭するにつれ薄れていく。

やがて、気がつくと、一階には人気がなくなったかのようにしんと静まりかえっていた。

遥は眉を寄せ、本を伏せ置いて書斎から出た。

「佳人？」

脱衣所の前で声をかけてみたが応答がない。

もしや疲れ切って湯船に浸かったまま寝ているのではと不安になり、風呂場の中を覗いてみたが、きちんと片づけられて遥がすぐにでも入れる状態に保たれているばかりで、佳人の姿はなかった。

ここでも茶の間でもないならば、二階だろう。

遥は慌てずに階段を上っていくと、手前にある和室を覗いた。

広々とした和室の中央に、歩美を寝かせるための布団が敷いてある。そこに、二人の姿はあった。

どうやら添い寝しているうちに佳人まで眠ってしまったらしい。

「仕方ないやつだな」

おまえの寝る場所はそこではないだろう、という気持ちで、遥は溜息をつく。

佳人は歩美だけを布団に潜らせ、自分は寝間着のまま毛布の一枚も掛けずに横たわっていた。

あらかじめ自分たちの寝室のドアを開け、ベッドの上掛けを剝《は》いでから、遥は佳人の体を横抱きにし、抱え上げた。

ずしっとした重みが両腕にかかる。

遥はくれぐれも佳人を落とさないように注意して、慎重にベッドまで運んだ。

「……は、遥さん……？」

揺らされた拍子に目を覚ました佳人が、半分だけ覚醒《かくせい》させた意識のうちで遥を認識する。

「いいから寝ていろ」

ベッドに横たえた佳人の上に毛布を掛けてやり、遥はぶっきらぼうに言った。

「俺はこれから風呂に入ってくる。上がってきたら起こすから、それまでおとなしく寝て待っていろ」

こくり、と佳人が頷いた。

目元が羞恥に薄赤く染まっている。

遥はどさくさに紛れて、佳人の額にそっと唇を触れさせた。

あ、と佳人が声を上げかける。しかしそのときにはすでに遥はベッドの傍を離れていた。

ちらりと背後を流し見ると、布団の中で佳人がもぞもぞしているのが目に入る。いっそ今すぐ襲いたくなったが、堪《こら》えて下に行く。

風呂はいつものとおり、いい湯加減にしてあった。

隅々まで佳人の気配りに満たされた今のこの家が、遥にはどこよりも落ち着ける場所だ。出会えてよかった。

心からそう思う。何度でも繰り返し、思う。

気を緩めると幸福の涙が浮き出してくるほど遥は現況に満足し、感謝していた。

久しぶりに身も心も高揚《こうよう》する夜だ。

ところが、相手が相手だけに油断は禁物だったらしく、遥が髪にドライヤーを当てて乾かしていると、寝ていたはずの佳人が困惑顔で下りてきた。寝惚け眼《まなこ》の歩美の手を引いている。

「どうした?」

遥の問いに、佳人が口を開くより早く、歩美が「おしっこぉ」と間延びした声で答えた。

「ちょっと、トイレに行かせてまた寝かせてきます。すみません、遥さん。先に寝室に入っていてください」

赤ん坊と犬には勝てない、とよく言うが、まさにこの場合もそれに近い心境だ。

「ああ」

遥は苦虫を噛み潰したような顔で答える。

起きたものは仕方がない。二人きりになれる時間が少し先延ばしされるだけだ。

遥が髪を乾かし終えて二階のベッドに横になり、先ほどの本の続きを読んでいると、三十分ほどして佳人も戻ってきた。

「寝たのか?」

「……たぶん」

佳人は自信なさげだ。

たぶん、では、またいざという段で邪魔が入りかねない。いくらなんでも、四歳児にセックスの真っ最中の姿を見られるわけにはいかない。しかも男同士というイレギュラーさだ。そのときには意味がわからなくても、後々トラウマにならないとも言い切れないだろう。

自分でも様子を見てこようと遥がベッドから足を下ろしかけたところで、案の定、ノックもなしにドアが開かれた。

「佳人お兄ちゃあん……どこぉ……?」

べそを掻いた歩美が目を擦りながら入ってくる。

「ここだよ、歩美ちゃん」

慌てて佳人が歩美の傍にいき、目線の高さを合わせてしゃがみ込む。

「どうしてぇ？　一緒にねてくれなきゃやだ。歩美、お兄ちゃんと一緒にねるぅ」

ぐずり始めた歩美に佳人は激しく困惑し、ちらちらと遥を気にしては歩美の頭を撫でて落ち着かせようとし、また遥の顔色を窺う。

ふう、と遥は溜息を吐いた。

「佳人。いいからここに連れてこい」

こうなればそれ以外どうする術もない。

なんで俺がよその子供と川の字で寝なければいけないんだ、という憤《いきどお》りは感じるが、そもそも歩美を引き受けて連れてきたのは遥である。気の毒なのは佳人のほうだ。確かにあのとき最初に歩美をなんとかしてやらないと、という素振りを示したのは佳人だが、決めたのは遥だった。その上、一切合切の面倒を佳人に見させているのである。これ以上の負担はかけさせられない。

佳人が一緒であれば、歩美も遥をそれほど怖がらない。

大きなキングサイズベッドの真ん中で、佳人と遥の間に挟まれた歩美は、この人騒がせぶりが二人への嫌がらせではないかと疑りたくなるほど、こてっと寝入ってしまった。寝たときだけ遥の傍に寄っている。少々肩を揺すってみても起きる気配はない。

「遥さん。……明日の夜、あの……」

この埋め合わせをします、と続けたかったのだろうが、佳人は激しい羞恥を覚えて続けられなくなったようだ。

もとより、遥もそれで納得する気は毛頭なかった。

「待てない」

端的に断じると、いったんベッドを下りて、バスローブを脱ぎ捨てた。下は全裸だ。

そのまま唖然《あぜん》としている佳人の寝ている側に回り、起き上がりかけた佳人の肩を摑んでマットの上に右膝を乗り上げる。

「どうする？　このままここでするか、それとも和室の布団でするか、どっちがいい？」

「でも、遥さん」

また歩美が目を覚まして佳人を探しに来たら……？　かといって、ここでするのはあまりにも無謀だ。すぐ中断して何食わぬ顔ができるとはとても思えない。いくら子供でも、雰囲気の異質さは過敏に感じ取るだろう。佳人の顔にはくっきりと困惑の表情が浮かんでいた。

「俺は今すぐおまえを抱きたい。おまえもそうだろう。俺に抱かれたくてここをこんなに硬くしているじゃないか」

「あっ……あ、だめです、あ」

寝間着の布地越しに股間を摑み、扱《しご》いて刺激すると、佳人はあえなく身を折った。遥の胸に縋《すが》りつき、押し殺せないように艶《なま》めかしい声を出す。

「遥さん、ああ、あっ、……遥さんっ」

すぐ横に、昼間思い切り世話を焼いていた幼児が寝ているという状況が、佳人をいつも以上に昂揚させるらしい。

遥は佳人をシーツの上に押し倒し、のし掛かっていった。

どうやら今度こそ歩美も熟睡している様子だ。あれだけ遊んだのだから、眠くならないほうがおかしい。

歩美が少し端に寄って寝入ったので、まだベッドには二人が抱き合うのに十分な余裕がある。

「昼間中、俺は苛ついていたんだ。明日の晩までなど待てるか」

寝間着のボタンを外し、胸をはだけさせる。

観念したのか、佳人はおとなしく遥に身を任せてきた。しばらく怖々と様子を窺っていた結果、歩美が少々の物音や寝台の揺れでは起きそうにないとわかったようだ。

「遥さん」

囁くような声で遥の名を呼び、背中に両腕を回して抱きついてくる。

こんなふうに積極的に抱かれようとする佳人が遥には愛しい。

「おまえは俺のものだ」

「ええ。おれは、この先ずっと、遥さんの気持ちが続く限り、遥さんのものです」

「言ったな」

遥は佳人の唇を噛みつくような激しさで奪い、吸い上げた。

くぐもった喘ぎ声が唇の隙間から洩れる。

舌を差し入れて、濡れた口の中をくまなく舐め回しながら、胸の飾りにも指を伸ばした。

小さな粒を、指の腹で押し潰したり、爪先で弾いたり、きつく摘《つま》んでねじり上げたりして絶え間なく刺激する。そうするうちに控えめだった粒は充血して硬く凝《しこ》ってきて、たいして時間をかけずに淫らな大きさに膨らんだ。

口づけで濡れそぼった唇を首筋から胸板へと滑らせる。

ところどころ、皮膚の柔らかいところを狙って吸引すると、白い肌に朱を散らしたような鬱血《うっけつ》の痕が浮かぶ。遥は佳人の体に、自分のものだという証《あかし》を刻み込むように、キスの痕を残していった。シャツで隠れてしまう位置だけを慎重に狙う。

胸や脇、腹部などに手のひらや指を這わすと、佳人はいちいち身を震わせて反応し、熱い息を吐く。感じやすく堕ちやすい体に、遥は毎度のごとく夢中になり、昂《たかぶ》った。遥をこんな気にさせるのは佳人だけだ。他の誰にもその気にならないが、佳人にだけは興奮させられ、強い所有欲を持つ。

「腰を浮かせろ」

寝間着のズボンに手を掛けて言うと、佳人は夢心地の様子で遥の声に従った。

すらりとした足が露《あらわ》になる。

遥が下腹の中心にそそり立つものを握ると、細い体がびくっとおののき、赤みを増した唇からは満ち足りた長い息が吐き出された。

すでに芯を作っていたものを的確な指使いで刺激する。

上下に扱いたり、全体を揉んだり、蜜の浮いてきた先端を撫で回したりし、佳人を腹の下でのたうたせる。

「いいか……？」

意地悪く聞くと、佳人は喘ぎながらかくかくと首を振って頷いた。

小刻みな悦楽の声がひっきりなしに唇から零《こぼ》れる。

「大丈夫、ですか？　……あ、んっ」

「何が？」

「あ、歩美ちゃんは……！」

「気にするな」

遥は佳人の心配を乱暴に切り捨てた。

「朝まで起きやしない」

起きても、この男は俺のものだと見せつけてやるだけだ。まったくの冗談でもなく遥は胸の中だけで考える。

独占欲を意識したおかげで、猛った下半身がますます硬く強張って、痛いくらいになってきた。

「佳人」

白くてしなやかな足を片方抱え上げ、腰の奥に濡らした指を潜らせる。

びくっと佳人の腰が揺れた。

遥の指先が繊細な襞《ひだ》を探り当て、押し開いた途端のことだ。

「遥さん、……んっ、あ」

「力を抜け」

「でも、でも、おれやっぱり……」

どうしても歩美が気になるのか、当惑して狼狽《うろた》える佳人に、遥はいっきに勃起を突き入れた。

「んんんっ……うう、っ」

「俺のものだ」

いくら抱かれることに慣れているとはいえ、入り口を軽く解しただけの狭い筒を、容赦なく擦り上げられては、佳人も堪らなかったようだ。

我慢して押し殺した悲鳴の代わりに、目尻からぽろぽろと涙の粒が転がり落ちる。

遥は最奥《さいおう》まで嵌め込んだ腰をゆるゆると優しく動かし、涙に濡れた頬にキスを散らす。

「たまには嫉妬して酷いこともしたくなる。だが、おまえが悪いわけじゃない。俺がわがままで強欲で節操なしというだけだ。それでも……おまえが欲しい」

「遥さん」

愛している。言葉にはしなくても、佳人は遥の告白を間違わず受けとめたようだった。

止まっていたはずの涙が、さらに一筋流れ落ちてくる。

「遥さんになら、おれは何をされてもいい。こうして抱いてもらえるのは、本望です」

「動くぞ」

はい、と佳人は息を吐いて答える。

遥は極力ベッドを揺らさないように注意して、佳人の奥を深く強く突き上げた。

「ああ、あ、あっ」

佳人が髪を振り乱して身悶《みもだ》える。

声を堪えなくてはいけないという思いが、さらに感度を高めるようだ。

遥の背中に焼けつくような痛みが走る。

無意識のうちに佳人が爪を立て、皮膚を引っ掻いたのだ。

「……はあぁ……うっ、う」

筒がぎゅうっと強く収縮し、中にいる遥を引き絞る。下腹には佳人が飛ばした熱い雫がかかっていた。

眩暈《めまい》がするほどの法悦が遥を襲う。

次の瞬間、遥も佳人の中で精液を吐き出した。

低い呻き声が出るのを噛み殺せない。それくらい気持ちがよかった。

ほとんど同時に達した二人は、きつく抱き合って、息を荒げたまま互いの口唇を貪った。

全身が汗でしっとりとしている。

離れ難《がた》くて、ずっと抱きしめ合ったまま、目についた箇所に唇を触れさせていく。佳人も同じように遥の顔中や首筋、肩にキスをしてくれた。

すぐ横には、結局ぴくりとも瞼を動かさなかったらしい歩美が平和そのものといった顔をして眠り込んでいる。

遥は佳人を抱いたまま、しばらく歩美の満ち足りた寝顔を見守った。

明日はこの女児も、迎えに来た母親の胸に飛び込んで、案外未練もなく佳人に「ばいばい」するのだろう。そう考えると、それまでくらい佳人に纏わりついていても、まぁいいかという気持ちになった。

「今夜はこれでもう寝るか?」

少し名残惜しくはあったが、遥は佳人を抱く腕の力を緩め、汗ばんだ額にかかる髪を掻き上げてやり、そのまま頬から顎へ指を辿らせた。

「はい」

佳人も照れながら同意する。

遥はもう一度ベッドを下り、歩美を挟んだ反対側に寝直すと、毛布を引き上げた。

*

「きゃあ、きゃあ、社長っ！　どうもすみませんっ、歩美がお世話になっちゃって！」

夕刻、五時前に約束通り歩美を迎えに来たのりかは、事務所に預けたはずの娘を、どこでどう行き違ったのか、遥が預かっていたと知り、さすがに恐縮し切っていた。

「ああん、もう、あたしこんなつもりじゃなかったんですけどぉ」

「ご心配なく。歩美ちゃん、いい子にしていましたから」

パニックを起こしかけているのりかに、佳人が微笑みながら助け船を出す。遥が無表情のまま黙り込んでいるので、佳人も冷や冷やしたのだろう。べつに怒っているわけではない。ただ、のりかの無責任さにも一言あって、愛想よくできない代わりにむすっとしていただけである。

「わぁすみません、久保《くぼ》さん」

「……今度からはこんなことのないようにしてくれ」

やっと遥は重い口を開いた。

「は、はいっ、もう、もちろんです」

本当にそう思っているのかどうかはいささか怪しかったが、とりあえずのりかの口から二度とこんなことはしないという意味の言葉が出ているので、遥も今回限りはのりかの所業を不問にすることにした。

「ばいばぁい、佳人お兄ちゃん」

のりかに手を引かれて歩き去りながら、歩美が佳人に手を振る。

「さよなら」

なんだか佳人の口調は寂しそうだ。

それでも遥はあえて素知らぬ顔をした。

歩美よりも自分のほうが絶対に佳人を幸せにしてやれる。

遥にはその自信と決意ができていて、今度の件でその気持ちがますます強まったようだった。

Une belle bête

夜、出直す——立ち去り際、宗親《むねちか》は織《しき》にそう言い置いていった。

今回の騒動が一件落着したあと、茶室でいつものとおり宗親に押し倒されかけた矢先、予期せぬ来客が訪れて、宗親はあっけなく織を離した。その上でのセリフだ。

本当にまた来るのだろうか。

鏡の前で長い黒髪に櫛《くし》を入れつつ、織は期待と諦めとを半々に抱き、落ち着き切れずにいた。

たぶん、本音は宗親を待っているのだ。できれば今夜もう一度来てほしい。どんなに横暴に振る舞われてもいいから、来て、昼間の続きをしてもらいたいと望んでいる。

昼間、宗親はめったになく織を優しく扱った。

急に腕を引かれて膝の上に倒れ込んだ織の体を、予想外に慈《いつく》しみを含んだ仕草で抱き支え、熱の籠《こ》もった口づけをしてきたのである。

キスをされたのは二度目で、まさか、と目を瞠《みは》った。

宗親に抱かれるようになって五年が経つが、どれほど濃厚で淫靡《いんび》な交わりをしようとも、キスだけはされてこなかった。突然激しい情動に駆られたようにして、宗親が織の唇を初めて塞いできたのは、つい三日前のことだ。あれはてっきり単なる宗親の気の迷いで、二度と起きることではないと思っていた。だから驚いてしまったのだ。

今でもまだ少し信じられない。

織は唇を指先でそっと押さえてキスの感触を思い出す。湿った粘膜同士の接合と、それに伴う熱や、唾液を啜られたり反対に飲まされたりしたときのことを甦《よみがえ》らせると、眩暈《めまい》がする。体の芯もジンと痺れてきた。

思わず鏡に向けていた視線を逸らし、柘植《つげ》の櫛を手から離して、きっちりと襟を合わせて身に着けた襦袢《じゅばん》越しに胸元を押さえた。

動悸が手のひらにまで感じ取れる。

あんなことをされたら、きっと誰でも平静ではいられなくなる……。

織は胸を乱打する心臓の動きを持て余して息苦しさに眉を寄せながら、言い訳がましく考えた。いつもそうだ。宗親はいつも織の気持ちを掻き回し、悩ましくさせてばかりいる。いい加減恨めしくてたまらない。それでもなお宗親に心を奪われたままの自分が、哀しくも愛おしかった。仕方がない。ろくでもない男だと思う一方、いまだにどうしようもなく魅《み》せられ続けている自分自身が招いたことだ。

正座したまま横屈みになって畳に手を突いた拍子に、右肩で一纏《ひとまと》めにして前に流していた髪がサラリと揺れ動く。そのうちの一部が頰にかかったのを、織は胸に当てていた手で払った。

こんなに長くなるまで伸ばしているのも、宗親に「切るな」と命令されているからだ。宗親はしょっちゅう織の髪に指を入れ、感触を楽しむ。ときには酷く引っ張られて乱暴にされることもあるが、それ以上に梳《す》いたり撫でたりされる際の心地よさが身に沁みていて、織もまんざらでもなかった。髪だけでも気に入られていると思えば、少しは気持ちが明るくなる。要するに、惚れているのだ。この気持ちは織にももはやどう修正のしようもない。

背後でスッと襖《ふすま》を開ける音がする。

はっとして織は身を起こし、振り返った。

「宗親さん」

勝手を知った無遠慮さで、呼び鈴を鳴らす手間を省き、我が家に帰ってきたかのごとくいきなり現れた宗親に、織は不意を衝かれて内心狼狽《うろた》えた。

郊外にある仁賀保《にかほ》家の別邸には、通常は誰も住んでいない。週に二度、家の掃除と管理を任されている派遣の家政婦が通ってくるだけだ。宗親に言われて今朝までここで面倒を見ていた弁護士の青年がいなくなった今、狭くもない家に残って夜を迎えたのは、織一人だった。出直す、という宗親の言葉を信じ切れずにいたため、おそらくこのまま一人で夜を明かすのだろうと半ば諦めていたので、驚きが大きい。同時に、嬉しさもひとしおだった。

「待たせたか」

着物の裾を翻《ひるがえ》す勢いで織の傍《かたわ》らまで歩み寄ってきた宗親は、出迎えに立ち上がりかけた織の肩を押さえて鏡に向かって座り直させると、体の前面に流れ落ちていた織の髪を綺麗《きれい》に掬《すく》って背中に戻した。

洗い立ての艶《つや》と手触りを堪能するかのごとくしなやかな指を動かす。

「もう、お出《い》でにならないかと思って、休もうとしていたところでした」

織は目を伏せて鏡に映る自分自身と宗親を見ないようにして、あえて淡々と言った。宗親が来ても来なくてもたいした違いはなかった、という素振りをするのは、なけなしの矜持《きょうじ》ゆえだ。これ以上、宗親に弱いところを晒《さら》したくない。

「ふん……怖いもの知らずだな、織。俺にそんな生意気な口が利けるとは」

髪を触る手を止めず、宗親は穏やかだがそこはかとなく凄みを帯びた口調で返す。

優しい態度がいつ凶暴で容赦のないものに豹変するかわからないのが宗親の常だ。何度もそれを目の当たりにしてきた織は、ぞくっとして震え、身を強張らせた。

いざとなると、やはり恐ろしさが先に立つ。宗親は場合によってはいくらでも残酷になれる男だ。気分次第で行動に予測がつかないのが何より不安を掻き立てる。

それでも織は唇に軽く歯を立てて腹を据え、本当は来てほしいと思って寝ないで待っていたのだとは白状しなかった。俯いたまま、宗親の指遣いにだけ神経を集中する。こうして髪を撫でつけられるのは心地がいい。たとえ気まぐれでも、一時だけのことであっても、少しは心にかけてもらえているようで幸せな気持ちになれた。

「まぁいい」

宗親は低く呟《つぶや》くと、八畳間の真ん中に敷かれたセミダブルサイズの夜具一式を、ちらりと流し見る。普段なら、このまますぐ織を引き立たせ、手荒く布団に押し倒してのし掛かってくるはずのところだが、何を思ってか今夜はそんなふうにはしなかった。

宗親は畳の上に置いたままになっていた櫛にやおら手を伸ばすと、織の髪を丁寧に梳きだした。

ここまで甲斐甲斐《かいがい》しくされるのは初めてだ。

織は戸惑い、鏡越しに宗親の表情をそっと窺《うかが》った。どういう風の吹き回しかと不思議でならない。それほどまでに、昼間の川口組《かわぐちぐみ》若頭とその想い人である若い弁護士との密接な繋がりに精神的な影響を受けたのだろうか。

宗親は織の訝《いぶか》しげな眼差《まなざ》しを完全に無視し、しばらくの間黙って手だけ動かしていた。機嫌は悪くなさそうだ。

日頃から手入れを行き届かせた織の髪は、緻密な櫛の目を抵抗もなくすり抜けていく。

「結局、香西《こうざい》は愛人の男にも茶の湯を習わせることに決めたのか?」

ややして、再び宗親から口を開く。

昼間もう少しで抱かれるところだったのを中断させたのは、川口組傘下の香西組組長が訪ねてきたことによる。親父の組の大幹部がわざわざこんな辺鄙《へんぴ》な場所にまで来たのなら譲るしかない、と宗親は柄にもない殊勝さを示し、いったん引き揚げていったのだ。確かに香西の用向きは、一緒に連れてきた彼にも茶の湯の手ほどきを頼みたいというものだった。歳のわりに精力旺盛で色好みだという香西が、ここ数年ずっと入れ込んでいる相手というだけあって、傍目《はため》からも察されるほどの可愛がりぶりだった。

「はい。私がお教えすることになりました」

涼やかな美青年の姿を脳裏に描き、織は自然と頬を緩める。

態度や言葉遣いは控えめだが、ただおとなしいだけではないらしく、意志の強そうな瞳が印象的な、見ていて清々しい心地にさせられる人だった。向き合っているとこちらまで身の引き締まる思いがして、むしろ織のほうからぜひご教授させてくださいと申し出たくなったくらいだ。

「香西の親父はよほどおまえが気に入っているようだな」

宗親は織を軽く皮肉ると櫛を織の膝に投げやり、綺麗に整えたばかりの髪を今度は無造作に払いのけ、露《あらわ》になったうなじに唇を辿らせる。

織はそれだけで感じ、肩や顎をピクピクと小刻みに引き攣《つ》らせた。

「……だとすれば、大変ありがたいことですが」

答える声まで震え、覚束なげになる。

「だろうな。仁賀保流が今よりもう少し成長すれば、おまえもこうして俺の言いなりになる必要はなくなるわけだ。ヤクザから寄付金を受けなくてもやっていけるなら、おとなしく俺に抱かれやしない——おまえの腹の内は読めているぞ」

「さ、さぁ……、どうでしょう」

痕がつくほど強く肌を吸われておののきつつ、織は精一杯虚勢を張った。織の気持ちになど気づきもせずに勝手な憶測を繰り広げる宗親が恨めしく、腹立たしい。囚われているからこその悔しさだ。この上、すでに宗親を愛してしまっているからお金を始めとする様々な援助だけが目的で抱かれているわけではないなどとは、口が裂けても告げたくなかった。どれほどたおやかでおとなしそうに見られようと、実際の織はかなり強情を張るほうだ。

チッ、と宗親が忌々《いまいま》しげに舌打ちする。

「否定しないのか。おまえはよくよく俺を怒らせるのが得意とみえる」

言うなり、宗親は織の襦袢の襟を勢いよく左右に開いて引き下ろし、両肩を剝き出しにさせた。

突然の乱暴な仕打ちに、織は声を放つこともできず、身を硬くして瞳を見開く。

宗親は織を背後から拘束するように抱き、首に手を当てて顎を仰け反らせ、自分の肩に織の後頭部を凭《もた》れさせると、冷えた視線を当ててきた。

「好きに…、どうぞあなたの好きになさればいい……」

声が頼りなげに震えるのを抑え切れぬまま、織はギリギリまで虚勢を張る。

怖さと同時に、もう今さら何をされてもかまわない、どうせ宗親には痴態《ちたい》を知り尽くされているという開き直りに似た思いがあった。宗親を密かに愛しているから、どんな恐ろしいことや屈辱的なことをされたとしても、許し、受け入れることができるのだ。

「おまえは俺のものだ。そうだな、織？」

ひたと見据えられたまま宗親に確かめられる。

「ええ」

織は宗親の強い視線をたじろがずに見上げ返し、短いながらも声を揺るがせずにしっかりと答えた。

「……ふん」

宗親は冷淡な相槌《あいづち》を打ちつつも、まんざらでもなさそうに口角を吊り上げる。

「従順で女みたいに儚《はかな》げなふうをしやがって」

だが俺は騙されないぞとばかりに宗親は目を眇《すが》め、織を流し見た。

剝き出しになった胸板に手のひらを這わされ、小さな粒を指の腹で撫でられる。

「あっ、……あ！」

触れられた途端《とたん》、体にピリッとした刺激が生まれ、織は小さく喘いだ。

過敏な乳首はすぐに硬くなり、尖ってくる。いかにも物欲しげで淫らな感じだった。そこをさらに宗親の綺麗な指で弄《いじ》られ嬲《なぶ》られると、織はじっとしていられずに正座していた足を崩し、しどけなく宗親に凭れかかって身動《みじろ》いだ。

きゅっと摘み上げて擦り潰すようにきつく擦り合わされる。

「あ、……あっ、あ……うっ」

織は肩を大きく上下させ、首を振って髪を乱れさせた。

唇を嚙んで声を抑えようと努めるが、難しかった。

宗親は指の動きを止めず、織の反応を愉《たの》しむ。

「もう堪忍してください、痛い……あぁっ、い、痛い……っ」

「こういうときのおまえの声、色っぽくてぞくぞくする」

「……お、お願いです……！」

執拗な愛撫を受けて充血し、熱を持って腫《は》れたようになった粒を手加減なしに苛《さいな》まれ、とうとう織は残酷な手から逃れるため、体を捻って宗親と向き合う形になり、見かけよりずっと逞《たくま》しい胸板に縋《すが》った。

「もう降参か。口ほどにもないやつだな。好きにしろと言ったのはおまえだろう」

宗親は意地の悪いセリフを吐く。

だが、織を突き放そうとはせず、逆に腕を回して抱きしめて慈しみ深く髪を撫でつける。頰に打ちかかっていた幾筋かも、そっと払いのけてくれた。

「せっかくだから今夜は布団の上で抱いてやる」

あらたまって言われると気恥ずかしい。織は微《かす》かに頷き、睫毛《まつげ》を伏せた。

ここのところずっと、所構わず傍若無人に求められてばかりいた。同衾《どうきん》して朝まで一緒だったことなど、この五年間で何回あったか記憶を辿るのも虚《むな》しいくらいだ。

中途半端に襦袢をはだけられたしどけない姿のまま、真っ白いシーツを掛けた厚手の敷き布団に横たえられる。発する言葉は相変わらず傲慢《ごうまん》だが、態度は普段とまるで違っていた。こんなふうに思いやりを込めて扱われるのは、もしかすると初めてかもしれない。どう反応していいかわからず、織は今さらながら緊張した。泥染めの大島《おおしま》を着たまま覆い被さってくる宗親の重みを全身に感じつつ、視線の遣《や》り場に困って目を閉じる。

「ばかめ。俺がそんなに怖いのか」

息がかかるほどの近さで宗親が嘲笑《あざわら》う。

「睫毛が震えているぞ」

「違います」

織は思わず瞼を開け、潤んできていた瞳に宗親の端麗な顔を映して否定した。

宗親を恐れているわけではなく、宗親に訪れた急な心境の変化にいったいどんな理由があるのかと考えると、不安になるだけである。今となっては、宗親に解放されるのは、織が本心から望むことではなくなっている。

「相変わらず強情だな」

宗親は冷やかすように言い、顎を反らせて無防備になった織の喉元に唇を押し当て、肌を啄《ついば》みながら鎖骨、脇、胸へと徐々に移動していく。

皮膚が薄いせいか、愛撫されて肉体が昂揚《こうよう》し熱を帯びると、たちまち色に出る。

感じているのはごまかしようもない。

腰紐を解かれ、襦袢を剝いで全裸にされた。

三日前、宗親は「寒いでやっても滴《したた》らせるのか」と織を無節操だと責め、罰という名目で下腹の恥毛を剃り上げてしまった。まだそれが生え揃っておらず、織を羞恥に苦しめる。第三者の目に晒され、恥辱を味わわされたときには、消えてなくなりたいほど辛かった。それでも、宗親に奥を突かれて惑乱するような甘美な悦楽を味わわされると、我を忘れて淫らな声を上げ、快感に身を委《ゆだ》ねて悶えてしまったのだから、確かに節操なしの淫乱だと詰《なじ》られても反論できない。理知的な眼差しをした弁護士の貴史《たかふみ》は、さぞかし織に呆れたことだろう。

「いやらしい眺めだ」

下生えのない剝き出しの場所で芯を作って勃起している陰茎を、宗親は揶揄《やゆ》し、織に居たたまれない気分を味わわせる。

「そ、そんな……」

ただでさえ火照《ほて》っていた頬がさらに熱くなる。織は顔を横に倒して背けた。その卑猥《ひわい》さ、みっともなさは、先ほども浴室で否応なしに自覚させられたばかりだ。

宗親の手に握り込まれ、扱《しご》かれる。

「うっ、……う、……あっ、あっ……」

感じる部分を熟知した指遣いに、織は堪え切れず艶めいた声を洩らして応えた。

宗親は織の表情を見ながら、緩急つけた巧みな愛撫を施す。

次々に嬌声が口を衝き、はしたなく乱れてしまう。織のそんな様を宗親は愉しんでいた。

いつもは根本を紐で括《くく》ったり、先端の小穴から隘路《あいろ》に植物の茎や太めに縒《よ》った紙縒《こよ》りなどを差し入れて簡単に達せないようにして苦しめられることが多いのだが、今夜は逆だった。

我慢し切れず、啜り泣きしながら最初の精を放った織の柔らかくなった陰茎を、再び勃つまで弄り続け、さらに二度目を吐き出させられた。それでもまだ許されず、射精の余韻に打ち震え、肩を揺らして喘いでいるところを、また追い上げられる。

織は惑乱した悲鳴を上げ、許しを求めて宗親に哀願した。

「無理です。お願い、宗親さんっ」

「もう一度だ」

切羽詰《せっぱつ》まって取り縋っても宗親は織の言葉に耳も貸さない。冷たく切って捨て、すっかり濡れそぼった手で先端を撫で回し、隘路に爪を立てる。

「イカせろイカせろと、毎度うるさくねだるじゃないか。だから、たまにはおまえの言うことを聞いてやろうとしているのに、またわがままを通すつもりか？」

宗親はほくそ笑みながらしゃあしゃあと嘯《うそぶ》き、織の頬に宥《なだ》めるようなキスをした。

その間も手は止めない。

「あぁっ、あ、あっ……いやっ、あっ！」

「いい声だ。そそられる」

シーツを乱してのたうつ織の体を押さえつける宗親も、次第に息を荒げ始めた。訪れたときには一分の隙もなくきちんと着こなしていた着物は崩れ、襟や裾が大きくはだけてきている。

「や、あっ……！　だめです、だめ、……もう辛い」

「あと一度イッてみせろ」

宗親は織がどれほど泣いて叫んでも容赦せず、尖った乳首や感じやすい内股、脇腹などにもう一方の手指を辿らせる。

「そしたら後は、俺ので突いてまた存分にイカせてやる」

きっとそうなるとはわかっていたが、織は涙を零《こぼ》しながら首を横に振り続けた。とても正気を保っていられる自信がない。

「俺はおまえを可愛がってやってるんだぜ、織」

ぐい、と顎を摑み取られて無理やり正面を向かされ、「違うか？」と確かめられて、織はわなわなと唇を震わせた。

こんなときの宗親には神経を使う。

綺麗だが限りなく凶暴で容赦のない獣――逆らえない。陶酔《とうすい》を伴う恐怖心が湧き、全身に鳥肌が立つ。

「答えろ」

顎に掛けた指で顔を揺さぶられ、織は「はい…」と躊躇《ためら》いがちに返事をした。

宗親がそんな答え方で満足したとは思えないが、それ以上は追及されなかった。

弱々しい織の声にさすがの宗親も憐憫《れんびん》を覚えたのか、やっと硬さを取り戻したばかりだった陰茎から手を離すと、織の唇を嚙みつくような激しさで吸ってくる。

「んっ……、う」

一度してからは、それまでしてこなかったのが嘘だったように宗親は織にたくさんキスするようになった。

織も積極的に舌と唇を動かし、宗親に応える。

ずっと、一度でいいからキスして欲しいと思い続けていただけに、こうして何度も求められると夢心地になる。

宗親を愛していると噛みしめ、もう抜き差しならないところまで気持ちがいってしまっているのをひしひしと感じる。

夢中で舌を絡め、息を弾ませて口唇の接合を繰り返し、送り込まれた唾液を飲み込みながら、織は酩酊《めいてい》していった。

体に火をつけられたかのようだ。熱い。

「宗親さん……」

好き、の言葉は胸の内にとどめ、織は宗親の名前だけ呼んで、背中に両腕を回し、ぎゅっと抱きついた。

太股の間に置かれた宗親のしなやかな胴に足を絡める。

押しつけ合った下腹の怒張が擦れ合い、淫靡な快感が脳内に火花を散らす。

「織」

濃厚なキスの合間に宗親も織を熱っぽく呼んだ。

そのたびに愛されている心地になれ、舞い上がるような幸福感に浸される。

冷たいようで優しく、優しいようで残酷。宗親の掴み所のなさは、いつも織を悩ませ、惑わせる。織にわかるのは自分の気持ちだけだった。

「……許してやる。今度はおまえの中で俺をイカせろ」

宗親は透明な糸を引かせながら濡れた唇を離すと、しどけなくはだけていた着物を脱ぎ捨て全裸になった。

「俯せになって尻を上げろ」

有無を言わせず命じられ、織は恥じらいながら従った。

膝を立て、宗親が挑みやすいように腰だけ掲げる。

その間に宗親は枕元に置いた小さな抽斗《ひきだし》のついた蒔絵《まきえ》の箱を開け、中に仕舞ってあった潤滑剤入りの平たく小さな蓋付きの陶器を手にしていた。

両手で尻の合わせを大きく開かれる。

「くっ……」

羞恥に織は唇を噛み、シーツを指でまさぐった。

秘めた部分を剝き出しにされ、見つめられることにだけは、どうしても慣れない。煌々《こうこう》と明かりがついたままの室内では特に、気が遠のきそうなくらい恥ずかしかった。たぶん、宗親も知っていてわざとこんなふうにするのだ。

繊細に折り畳まれた部分にひんやりとした軟膏状のものが塗り込められた。滑りのよくなった襞《ひだ》の奥にずずっと指が一本入り込む。

「あ、んっ!」

すうっとする感覚の潤滑剤が体の内側にまで丁寧に広げられていく。

この軟膏状のものは以前何度も使われている。潤滑の他に、かなり強力な催淫効果成分を含む秘薬の一種で、意地悪な宗親に織は自分の手でたっぷりと塗らされたこともあった。

塗ってしばらくすると、最初はすっとしていた感覚が、だんだん熱く変わってくる。粘膜の部分には無数の虫が這い回っているかのごとき異様な感触が生じてきて、織は我慢し切れず腰を揺らしてシーツに爪を立てた。

「ああっ、あ、あ……」

奥が淫らにはしたなく疼《うず》く。

早く宗親に突いて慰めてほしくてたまらない。それ以外、激しくなる一方の疼きを治める術はないのだ。

「挿《い》れて、お願い、挿れてください……」

このままで放置されてさんざん苦しめられたことが過去にある。織はそのときに懲《こ》りて以来、強情を張るのをやめていた。躊躇いがちに宗親に情けを求める。

しかし、宗親はただで織の言うとおりにするつもりはないようだった。

「先に上の口に突っ込ませろ。時間が経てば経つほどこの薬はおまえの中を蕩《とろ》かす。すぐ挿れるよりそのほうが吸いつきがよくなって具合がいい。おまえも泣くほど感じさせてやる」

「でも……、私は……」

「こっちを向いて、これを銜《くわ》えろ」

ぴしゃりと宗親に命じられ、織は抵抗するのを諦めた。

早くも耐え難い疼きに見舞われながら、上体を起こして、布団の上に胡座《あぐら》を掻いた宗親の屹立した股間に口を寄せる。

「ん、うっ、……う、……んんっ……！」

可能な限り奥深くまで含み込み、口全体と舌を使って猛ったものを愛撫する。

「もっと強く吸え」

宗親は満足そうな息を吐きつつも、ときどき織を叱咤し、さらなる奉仕を要求する。

薬がもたらす頭の芯まで犯すような淫らな感触に苛まれての行為に、織は涙ぐみ、嗚咽《おえつ》を洩らして耐え忍んだ。

飲み込み切れなくなった唾液が唇の端から滴り落ち、宗親の太股を濡らす。

「……あぁ、いい」

宗親は酩酊した呟きを零し、織の後頭部を優しく撫でた。

「んん、う、……んっ」

吸引するたびに窄《すぼ》める口が怠い。

うっかりすると間違って歯を立ててしまいそうになる。

それでも織は、一刻も早く許され、疼く体をひと思いに貫き責めてもらいたくて、懸命に口淫し続けた。

「いいぞ……もう、いい」

何度か弾けそうになる瞬間をやり過ごした後で、宗親はようやく織の口から昂《たかぶ》り切った怒張を引き抜いた。

そのまま織を仰向けに布団に押し倒す。

織は両足を曲げさせられ、膝が胸につくほど腰を抱え上げられると、淫らな収縮を繰り返していた薬まみれの秘部をいっきに挿《さ》し貫かれた。

「ああぁっ！」

強引に奥まで穿《うが》たれる。

その激しい衝撃と、狭い器官を荒々しく擦り立てられる刺激の強烈さに、織は一瞬気を失いかけた。

「動くぞ」

宗親は情け容赦ない。

織の体が大きすぎる異物に馴染んで少しでも抽挿《ちゅうそう》が楽になるまで待とうという気遣いはさらさら起こさないようで、挿れたと同時に腰を動かし始めた。

「あっ、あ、あ、ああっ」

ズッズッと粘膜に摩擦を与えつつ、美貌に似合わぬ立派な雄芯《おしん》を抜き差しする。

「い、いやです、……お願い、もっとゆっくり……！」

荒波に揉まれる小舟のように全身を揺らされ、織は弱音を吐いて悶えた。

過度の快感に肉体がついていかない。

呼吸が速くなって息が苦しく、その上、次から次に押し寄せてくる淫靡な感覚に何がなんだかわからなくなるほど翻弄される。

いつものこととはいえ、織は壊されるのではないかという不安に怯え、自分を苛む張本人である宗親に必死に縋りついた。

「おまえももう一度いくんだ、織」

織の体を蹂躙《じゅうりん》しながら宗親が熱っぽく言った。

できません、と織は首を振ろうとしたが、その直前、いかにも気持ちよさそうな、法悦の最中にいるのが感じ取れる宗親の顔を目に入れて、はっとする。

「織」

愛しげに、宗親が織を呼ぶ。

一つになって悦楽を求める動きを繰り返しながら、宗親は織に顔を近づけてきた。

唇と唇が触れ合った途端、体に電気が流されたような快感が走る。

「……ああっ……、んっ」

織はあえかな声を洩らして気持ちよさにうっとりした。

ちゅくっ、と唇が湿った音を立てる。

穿たれ、突き上げては引き、またより深くまで突かれる動きが、織を甘美な悦楽の園に連れていく。

「宗親さん。宗親さん！」

これほど深く強い幸せに満たされたことはかつてない。

織は自分でも意識せぬまま、はらはらと涙の粒を零していたらしい。

「おまえはいつもこういうとき泣くんだな」

宗親が呆れたように苦々しく笑った。だが、べつに不本意なわけではなさそうだ。

「気持ち、いいか？」

織に聞く宗親の声は満たされ切っている。

今まで届かなかった奥まで先端が達して、織は惑乱した嬌声を放ち、上体を弓形に浮かして大きく仰け反った。

腹の間に挟まれ、擦り立てられていた陰茎から三度目の精液が滴り出る。

息が止まりかけるほどの快感に揉まれ、脳髄が痺れた。

「俺も、イク」

宗親は短く前置きすると、織の腰を抱え直して荒々しく身を動かし始めた。

「あああっ、あっ、……あっ！」

際限なく巻き起こる悦楽の渦《うず》に投げ込まれたようだ。

織は宗親と呼吸を合わせ、極めた端からまた上り詰めていった。ただひたすらに、宗親を気持ちよくさせてやりたいという一心から、体が勝手に反応していた。その気持ちがなかったならば、織の体は指を持ち上げるのも億劫《おっくう》なくらい疲れ果てていたはずなのだ。

宗親がどんな男でも、ここまで惚れてしまったからには織の気持ちは修正が利きそうにない。

低い声を上げて宗親が達する。

最奥に熱い迸《ほとばし》りが放たれるのを感じ、織はぶるっと身震いした。

そのままずうっと意識が薄れる。少し無理をしすぎたのだろう。織の体は過度の快感に晒されたせいで、とうに限界だった。

「……宗親さん」

織、と宗親に心配して呼ばれた気がする。

大丈夫です、と微笑みたかったのだが、実際それができたかどうか、織には定かでなかった。

*

「織……！」

長い睫毛を伏せたかと思うと、ぐったりと体を弛緩《しかん》させ、背中に縋りつかせていた腕を布団にぽとりと落とした織に、宗親はめったになく動揺し、叫ぶように名を呼んでいた。

セックスの最中、織が気を失うのはしばしばあることだが、いささか無茶をさせすぎたかという自覚が宗親にあるときには、自分でしておきながら不安に駆られる。

織は細い。二十八歳という一人前の男のくせに、まるで少女のように儚げで美しく、どこか現実離れした雰囲気を持っている。

宗親の知る限り、織のようなタイプの男は他には身近に見当たらない。茶道の仁賀保流家元という特殊な世界に育ったに相応《ふさわ》しい、独特のオーラと存在感を纏った男だ。

一目惚れというのは本当にあるものなのだと宗親が知ったのは、織と出会ったときだ。

日頃はさして交流のない父親にたまたま誘われ、仁賀保邸に出掛けたのが織と顔を合わせたきっかけなのだから、ある意味こうなる縁だったのだと思えなくもない。宗親の父親は全国に四万人を越す構成員を抱える川口組の組長だ。世襲で継いだ三代目である。宗親は愛人との間に生まれた唯一の男子だが、父親にも宗親自身にも四代目を襲名するつもりはまるでなかった。すでに次期組長には、若頭である東原がなると目《もく》する向きがほとんどだ。

極道の世界にさして興味はないが、宗親はこの東原には並ならぬ関心を抱いていた。東原が心にかけている相手がいると知り、織まで巻き込んでその相手と目した弁護士を攫《さら》い、この仁賀保家別邸に三日間軟禁したのも、少しでも深く東原にかかわりたかったからだ。

結果は試合に勝って勝負に負けたといったところだろうか。

一つだけ宗親なりに得たものがあったとすれば、それは、織をもう少し素直に慈しんでやるべきだろうかと思い始めたことだ。

不平の一つ洩らさずに、自分と同い年の弁護士、執行《しぎょう》貴史の面倒を見てくれた織が、唐突にせつなくなった。自分自身いろいろと複雑な思いを抱え込み、悩んだり苦しんだりしているだろうに、織はなかなか弱みをさらけ出さない。

たおやかで折れそうな外見からは想像もつかないほど芯は強いのだ。

自分みたいなろくでなしに執心され、身も心も無茶苦茶に扱われ、気の毒な男だと感じることもある。しかし、ちらりちらりと反省らしきことはしたとしても、実際の行動を正すことは難しい。今夜もそうだ。本当はもっと優しく可愛がってやりたくて、わざわざ夜になってまた出てきたのに、結局いつもとさして変わらぬ展開にしてしまった。

宗親はまだ織を手放すつもりはない。

できることなら、ずっと傍に置いておき、自分だけの愛人でいさせたい。

以前は織がほんの少しでも自分に逆らうと、知り合いの男たちを複数連れてきて織を皆で弄《もてあそ》んだこともあったが、非道な仕打ちをしたあと、織が苦しげに魘《うな》されながら眠っている様子を偶然見てしまってからは、もうこんな無茶を強いるのはやめようと心に決めた。あまりにも後味が悪かったからだ。いくら織が精神的に強いとはいっても、やりすぎれば心を壊してしまわないとも限らない。それは決して宗親の望むところではなかった。何より、織に対して独占欲が湧いてきたためもある。

織のことが好きかと問われれば、認めるのは癪《しゃく》だが肯定するしかないだろう。

万一、愛してはいないのかと聞かれても、十中八九、いや愛している、と答える気がする。

宗親はそんなことをつらつらと考えながら、意識のない織の細身をきちんと寝かせ直し、自分も傍らに添って横になり、肩まで毛布を引き上げた。

気を失ったまま眠ってしまった織の寝息は穏やかだ。

さっきまであれほど切羽詰まった嬌声や悲鳴を上げていた唇は、小さくやんわりと閉ざされている。桜色の紅を差したように艶やかに色づいた唇が愛らしい。織は奇跡のように綺麗だ。ときどき宗親は人形の生まれ変わりではないかと半ば本気で思うことがある。最初に魅せられた際、何かの暗示にでもかかったのだろうか。

「……ん……っ」

織が微かな呻《うめ》き声を洩らし、身動いだ。

宗親は織の白い細面《ほそおもて》に手をやり、起こさないように気を配って指先を滑らせる。

誰かをこんなふうに愛しく思うことは、織を相手にするとき以外にない。織に対する気持ちは、少しずつ少しずつ、確実に膨《ふく》らんできている。最初はほんの遊びのつもりで父親に「彼が欲しい」と言ったのだが、三年、四年と月日を重ねるうちに、他とは一線を画した特別な感情が芽生えてきたようだ。

——どいつもこいつも因果なやつらが揃ってやがる。

ふと、貴史を引き立てての去り際に東原が吐き捨てていった言葉が脳裏を過《よぎ》る。

確かにそのとおりかもしれない。

宗親は織の寝顔を見守りながら認めざるを得なかった。

東原があの弁護士に囚われているように、宗親もまた織に捕まってしまっている。ついこの間までは無自覚だったが、もう今後はそんなわけにはいかなくなりそうだ。

「おまえも地獄だな、織」

宗親は織に囁きかけ、せめて眠っているときくらいは素直に愛情をぶつけてやろうと、擽《くすぐ》るような感じで軽く唇にキスをした。面と向かうと、どうしても天《あま》の邪鬼《じゃく》になって苛《いじ》めてしまうばかりだ。今さらどんな顔をして優しくすればいいか、わからない。それくらい織にはずっと酷いことをし尽くしてきた。おそらくこの先も当分は、これまでどおりにしか振る舞えないに違いない。

頬や額や髪を撫でていると心が安らいでくる。

触れ合えば触れ合うだけ、織への想いが募り、胸があたたかくなる。

このまま織の顔を眺めて朝まで過ごすのも悪くなかったが、織が一瞬眩《まぶ》しげに眉を寄せた気がしてそれもやめた。

起き上がって部屋の明かりを消し、布団に入り直す。

明日の朝、明るい日差しの中で目を覚ました織が、横に宗親が寝ているのを知ってどういう反応をするのか、楽しみな気がした。

夜天の情事

八月半ばを過ぎても相変わらず昼の日差しはきついが、時折頬を撫でていく風は涼しさを増している。

あぁ秋が近いんだなと佳人《よしと》は思い、抜いたばかりの草を庭掃除用のしょうけに入れると、立ち上がって腰を伸ばし、庭を見渡した。

広々とした庭は枯山水《かれさんすい》から風景庭園へと徐々に趣《おもむき》を変えていく独創的な造りになっている。どちらかといえば和を好む遥《はるか》の趣味で、黒澤《くろさわ》邸は家屋も庭も純和風だ。

ここで佳人は早くも三度目の夏を迎えた。

ちょっと意識を過去に戻すと、初めてこの庭を目にしたときのことが容易《たやす》く脳裏に浮かぶ。まだ怪我が完治せぬ頃、八畳間の和室の窓辺に立って眺めたのだ。足下はふらついて覚束なく、傷を負った背中は熱を持って痛み、窓枠に摑まってやっと立っていられる有り様だった。すでに日が暮れており、暗がりの中で石灯籠《いしどうろう》に仕込まれた常夜灯の周りだけがぼうっと浮き出て見えた。それでも十分庭の面白味は感じ取れたし、どこか頑《かたく》なだが情緒のある佇まいに家主の性格がうっすらと察せられた。

家事手伝いとしてこの家に置いてもらうことになってからしばらく、佳人は遥の身の回りの世話はもちろん、部屋の掃除や庭の手入れもこなしていた。

遥と付き合いだして家族同然の暮らしをするようになった今でも、暇さえあれば台所に立ったり庭の草むしりをしたりするのは、佳人の性分だ。遥が書斎に籠《こ》もっている間一人でのんびりと過ごすより、家のことを何かしらしているほうが落ち着く。

佳人は遥と共に過ごせるこの家に一方《ひとかた》ならず思い入れを持っている。

去年の暮れ、諸事情からもうどうにもならないと諦め、一度出ていったときに味わった辛さとせつなさが今も頭にあって、ここにいられる幸福がよけい身に染みて感じられだした。

常に遥が心地よくしていられる場所にしておきたい、そして佳人自身、毎日を丁寧に生きたいという気持ちから、通いの家政婦が来ない土日はできるだけ家の面倒をみるのが習慣と化している。

雑草でいっぱいになったしょうけを抱え、庭を横切り勝手口に向かう。

途中、遥のいる書斎の傍《そば》を通る際、庭に面したガラス戸に自然と目が行った。レースのカーテンが閉じられているため中の様子は窺《うかが》えないが、おそらく遥はここにいるはずだ。家にいるときはたいてい朝食後すぐから夕刻まで書斎に引き籠もっており、佳人が呼ばないと昼食も忘れがちだ。

本人も認めるとおり、つくづく仕事人間だと思う。

これといって趣味らしきものは持たないようだが、生来《せいらい》器用で運動能力に恵まれているせいか、ゴルフをさせれば八十台のスコアを出すし、泳ぎもうまい。以前ホテルのプールで泳いだとき、佳人は遥のスピードと持久力にとてもついていけなくて、悔しさと同時に感嘆を覚えたものだ。

また、実際見たことはないが、遥といろいろ付き合いのある山岡《やまおか》の弁によれば、スキーの腕前もなかなかのものらしい。昔は仕事の一環だったという車の運転に関しては言うに及ばずだ。

その気になればなんでもこなせる遥に、佳人はときどき焦《あせ》りを感じる。

遥にとって佳人の存在意義はどこにあるのか、不安になるのだ。佳人にとって遥がかけがえのない存在であるように、遥にも自分を必要とされたい。佳人の中でそうした思いは膨《ふく》らむ一方だ。

勝手口で雑草をゴミ袋に入れていると、スリッパ履きの足音がして、台所に遥が現れた。

スラックスにシャツというラフな格好で、無造作に髪を掻き上げながら入ってきた遥は、佳人がここにいることを知っていたらしく、意外そうな顔は見せなかった。書斎の前を横切っていく佳人に気づいていたのかもしれない。

「小腹が空いた。蕎麦《そば》でも茹でようかと思うが、おまえもどうだ」

「あ、それならおれが」

「いい」

靴を脱いで台所に上がった佳人に遥はにべもない返事をする。

「気分転換だ。数字を見るのに飽きた。おまえは風呂に入ってこい」

ぶっきらぼうに言った遥は、迷う素振りもなく流し台下の開き戸から大きめの鍋を取り出し、水を汲《く》んで火にかける。大学時代から一人暮らしを始めたという遥は一通り料理もこなす。凝《こ》ったものは作らないが、家庭料理ならたいていできるらしく、気が向くとこうして台所に立つ。家事を佳人にだけ押しつけるつもりはないのだ。

「どうした。ここはいいから汗と土埃《つちぼこり》を流してすっきりしろ。外は暑かっただろう」

その場に突っ立ったままでいた佳人は、遥に再度促されて気を取り直した。つい遥を目で追いかけてぼうっとしていた。

「すみません、それじゃあちょっと」

「ゆっくり湯に浸かってから上がってこい。どうせ急いだところでおまえのすることはない」

遥は佳人を見もせずに言うのだが、そっけない中に思いやりが籠もっているのを感じ、佳人は素直に「はい」と答えた。

浴槽に湯を溜め始めてからいったん二階の自室に上がり、着替えを持って戻る。

脱衣所で裸になった佳人は、胸のあちこちに散らばっている薄紅色の痕を洗面台の鏡で見て、誰に知られたわけでもないのに赤面した。朝方よりはだいぶ薄れているものの、どれもまだ消えずに残っている。あらためて自分で確かめると恥ずかしいが、全部服の下に隠れるところなので遥以外に見られる恐れはなく、佳人が気を揉む必要はなかった。

大きめの浴槽に身を沈め、ゆったりと手足を伸ばす。

昼間からこうしてのんびり風呂に浸かっていられるとは、休日ならではの贅沢《ぜいたく》だ。しかも、上がったら遥が用意する冷たい蕎麦が待っている。

気分転換だと言われてあっさり遥に台所を任せてきてしまったが、佳人は頭の片隅で、本当によかったのかと僅《わず》かばかり気が咎《とが》めていた。

佳人は遥のために可能な限り役に立ちたいのだが、遥は尽くされるばかりを望んではいないようだ。気が利くのはいいが必要以上に気を回すのはよせ、とずいぶん以前に言われたことがある。確かに昔はこの家に置いてもらう状況そのものに遠慮していた。遥との関係が変わっていくに従い、どんどん自分が図々しくなっているようで、ときどき不安になる。好意を受けとめたり甘えたりするのはいまだに少し苦手だ。遥も自分から何かするときは慣れなくてバツが悪いのか、いつも以上に無愛想になる。

たぶん、いいのだ、これで。

佳人は洗い場で全身をボディソープの泡だらけにしつつ、思い直す。

ここは俺とおまえの家だ——一度出ていった佳人を連れ戻すとき遥はきっぱり言った。嬉しかった。恋人同士である以上に、遥と家族になれた気持ちがした。

お互いがお互いのもので、尽くすのも尽くされるのも平等でありたい。遥は折に触れ、佳人にそれを態度で示してくれる。口下手なので言葉にはし辛いようだ。

髪まで洗って、しばらく湯の中で温まってから上がる。

洗い立てのシャツとジーンズに着替え、髪をドライヤーで軽く乾かしていると、不意に遥が洗面所に顔を覗《のぞ》かせた。

「ちょうど今盛りつけがすんだところだ。伸びないうちに食べに来い」

言うだけ言うと佳人を待たずにさっさと踵《きびす》を返す。

佳人は慌ててドライヤーを片づけ、洗面所を出た。

台所の隣が食堂だが、遥はいずれにもいない。

佳人は迷わず書院の間に足を向けた。元々は来客をもてなすための部屋だが、めったに訪れる人のない黒澤家ではもっぱら居間代わりに使われている。十二畳ある書院の間と、それに付属した水屋を通って出られる月見台の二ヶ所は、遥が特に気に入っている場所だ。季節ごとの風流な楽しみはたいていこのどちらかで行う。

三時過ぎに蕎麦を食べようなどと思いついた時点で、遥は少し飲むつもりでいたようだ。仕事も一段落しているのだろう。

弱めに冷房を効かせた書院の間の座卓には、ざるに盛った蕎麦のほかに、揚《あ》げたてと思《おぼ》しき薩《さつ》摩《ま》揚《あ》げや、お中元にもらった笹蒲鉾《ささかまぼこ》、枝豆といった酒のつまみが並んでいる。

先に座っていた遥は、まさに手酌で冷酒をガラスのぐい吞みに注ごうと、揃いの徳利を傾けかけているところだった。

「遥さん」

佳人は一声かけて遥の手を止めさせると、自分のために用意された真向かいの席に着き、膝立ちになって冷えた徳利を取り上げた。

遥は黙って手に盃を持ち替え、佳人に酒を注がせる。

そのまま口元に運んでクイッと一口飲む様を、佳人はじっと見守った。

長い指、きりりと引き締まった唇、瞼を伏せがちにしたときいつも意識する睫毛《まつげ》。そういった造形の一つ一つが佳人を惹《ひ》きつけ、目を逸《そ》らさせない。

「もう夏も終わりだな」

薩摩揚げに摺《す》り下ろしたショウガと醤油《しょうゆ》を付けながら、遥は誰に聞かせるともない調子でポツリと口にした。

「早かったですね」

佳人は感慨深く相槌《あいづち》を打つと、つやつやとした蕎麦を箸《はし》に挟んでそばつゆに潜《くぐ》らせる。酒はあまり強くないので断った。遥も無理には勧めない。

「仕事以外でやり残したことはあるか？」

「夏に、ですか？」

いったん言い置いて蕎麦の喉越しと味を堪能してから、佳人は考え考え返事をする。

「今年はそれこそ仕事三昧でしたから。土日もずっと勝手にさせてもらっていて、遥さんには申し訳なかったです」

「仕事にばかり気が行くのはお互い様だ」

遥は自嘲《じちょう》気味に薄く笑う。

「もう少ししたら、おれのほうも一段落しますから、遥さんがオフのときどこかに行けるといいですね」

佳人はそうそうありそうもないのを承知で言ってみる。

「ああ」

遥の返事はおざなりではなく、できるだけ努力しようという誠実さがあった。佳人まで前向きな気持ちになり、案外近いうちに実現させられるのではと予感する。

「花火は見なくてよかったのか」

遥は思いついたままを口の端に乗せた感じで聞いてくる。不器用そうな物言いが佳人には微笑ましい。出会った頃に比べると遥もずいぶん率直に考えや気持ちを表すようになったものの、どこか突き放したような愛想のない口調や態度は相変わらずだ。遥が季節の風物を好むのも最初は意外だったが、遥を知るにつけしっくりしてきた。

「遥さんは見たかったんですか？」

佳人自身はあまり拘《こだわ》っていなかったので、返事をする代わりに遥に逆に聞いてみる。

「べつに」

遥は渋い顔をして答え、ぐい呑みを呷《あお》った。

ふと佳人は、遥と並んで夕涼みがてら近くの川縁まで歩き、土手に立って子供たちが河原で花火をして遊ぶのをしばらく眺めていたことがあったのを思い出す。一月ほど前、梅雨が明けて間もない頃だ。

子供は苦手だという遥だが嫌いなわけではないらしく、フッと緩めた口元が楽しげだった。穏やかな眼差《まなざ》しと共に、佳人の印象に残っている。

あのとき佳人は実を言うと心中複雑だった。

家族という点については、遥は佳人以上に恵まれずに育ってきている。少なくとも佳人には十五、六年間は幸せな家庭があったが、遥は八つの頃弟と二人で両親に置き去りにされ、親戚中を盥《たらい》回しにされたという。想像しただけで胸が詰まりそうになる。

せめて自分は幸せな家庭を築きたかったのではないかと思うと、佳人はどうにも居たたまれない心地になったのだ。

よりにもよって自分などを選んだばかりに、遥は様々な面で諦めなくてはならないことが出てきている。その最たるものが子供だ。

だから、土手に立っている間、佳人は心が落ち着かなかった。

時折遥の横顔を見遣《みや》り、何を考えているのか摑めないかと探ったが無駄だった。

結局、十分ほどして遥が「帰るぞ」と声をかけてくるまでの間、佳人は何を話せばいいのかまるっきり頭に浮かばず、二人揃って黙りこくったままでいたのだ。

その夜はいつにもまして遥を求めてしまった。不安で仕方なかったからだ。だが、遥にはその理由は伝わっていなかったらしく、「どうした?」と色気のある声で揶揄《やゆ》されただけだった。おそらく佳人の取り越し苦労だったのだろう。

遥に愛されている自覚は佳人にもはっきりとある。

それなのにときどき些末なことで動揺するのは、自分に自信が持てないせいだ。遥に貧乏籤《くじ》を引かせてしまったのではないかと、申し訳なさでいっぱいになるときがたまに訪れる。

コトリ、と音をさせて遥がぐい呑みを座卓に置く。

花火の話から記憶を辿って心を飛ばしていた佳人は、はっとして我に返り、氷を張ったガラス製のアイスペールから徳利を持ち上げかけた。

「もういい」

すかさず遥に遮られる。

徳利の中身は残り僅かになっていた。

一合《いちごう》やそこいらでは酒に強い遥には酔いの兆《きざ》しも窺えない。しかし、さすがに昼間から無節操に飲み続けるつもりはないようだ。

蕎麦を食べ終えた遥は箸を置くと胡座《あぐら》を掻いていた姿勢を崩し、片方の膝を立てた。

「ちょっと車で走りたい気分だな」

「今から、ですか？」

「ああ」

佳人の心配をよそに遥は平然と頷き、ぐしゃりと髪に指を突っ込み、掻き上げる。

「飲んでないだろ、佳人？　二時間ばかりドライブしてどこかで休んだあと引き返せばいい。帰りは俺が運転する」

「それならいいですよ」

どうせ明日も休みだ。遥の唐突さは承知しているので、佳人は驚きはしなかった。その辺まで散歩に出よう、が遠出に変わっただけだ。佳人もやぶさかではない。

座卓を簡単に片づけ、戸締まりをして家を出る。

一足先に車庫に行っていた遥は、4ドア車のマセラティのエンジンをかけていた。

やはり佳人が普段乗っている小さな車で行く気はないらしい。隣にあるスポーツカーよりはまだこのセダンのほうが扱いやすいが、本格的に運転を任されるのは初めてだ。相変わらず遥は図太い神経をしている。佳人は事故だけは起こすまいと心に誓い、ドライバーズシートに座った。

「何があってもシートベルトは外さないでくださいね」

「……ああ」

遥は含み笑いして頷くと、ベルトをする前に佳人の肩に手をかけ、えっ、と顔を向けた佳人の唇に掠めるようなキスをしてきた。

一瞬だけだったが柔らかな感触を受け、佳人は胸をドキリとさせた。

「おまえは器用で勘がいいから左ハンドルにもこれの車幅にもすぐ慣れる」

「ご期待に添えるといいんですけど」

「少しくらいぶつけたってかまわん」

遥の度胸のよさには感心する。同時に佳人は、自分に向けてくれる信頼の厚さが心に響き、ま

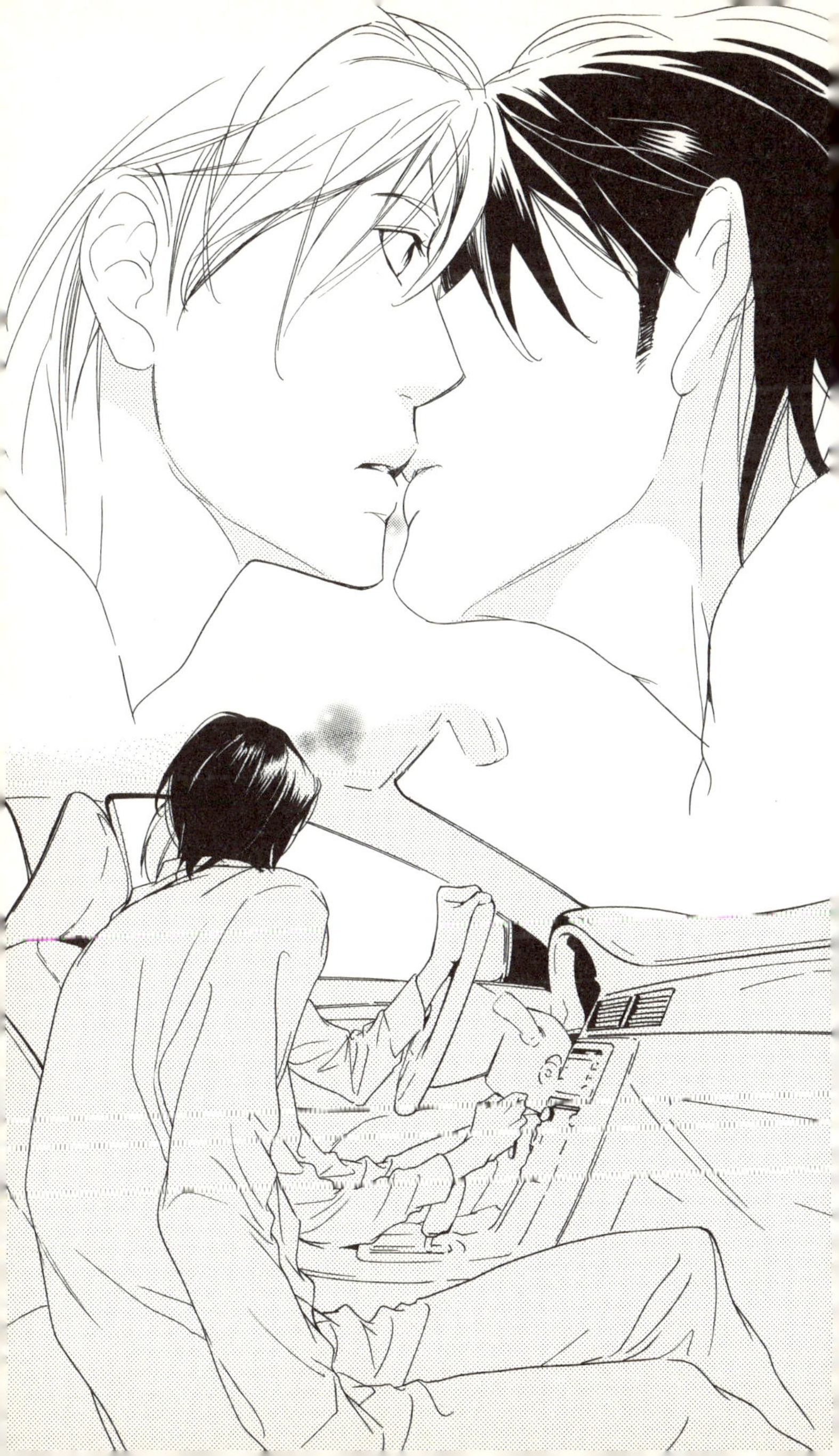

すます気を引き締めた。

「どこに行きますか？」

「とりあえず東名《とうめい》高速道路に乗れ」

すでに行き先は決めているらしく、遥は迷わず指示する。

土曜とはいえ、午後四時過ぎに都心から神奈川方面に向かう車線はさほど混雑していない。急なカーブも交差点もない高速道路の運転は、ある意味一般道より楽だった。スピードの出し過ぎに気をつけ、注意力が散漫にならないようにして、慎重にマセラティを走らせる。

遥ははじめから佳人の運転にまったく不安を感じていなかった様子で、悠然《ゆうぜん》としていた。シートを少しリクライニングさせ、腹の上で両手を組み合わせて軽く目を閉じている。

「遥さん、寝たんですか？」

あまりにも静かなのでもしかしてと思って声をかけると、すぐに返事がある。

「エンジンの音を聞いているだけだ」

「この車、静かですね」

佳人にはそんな程度の相槌しか打てず、話しかけたのを後悔する。邪魔をして悪かった。

「静かだな。油断すると確かに寝てしまいそうになる」

そう言って遥はリクライニングを元の位置に戻した。

「おまえはやっぱり何をさせても呑み込みが早いな。頭の回転が速いだけじゃなく、運動神経もいいし、センスもある」

「おれはただ必死なだけです」

佳人はやんわりと否定した。

遥の前であまりみっともないところを見せたくない、失望させたくない。実際、佳人の本音はそれに尽きる。

「遥さんが傍にいてくれるから実力以上にがんばれるんです」

真っ直ぐ前を向いてステアリングを握っているせいか、いつになく素直に気持ちを吐露《とろ》できる。

「そうか」

遥は淡々と受け、フイと顔を背けて車窓に向ける。

「俺も同じだ」

そっぽを向いたままさらりと付け足された言葉に、佳人の胸にはじんわりと喜びが込み上げた。

それからしばらくまた静けさが続いたが、喋《しゃべ》っていなくてもお互いの気持ちが分かり合えている心地よさがあり、雰囲気は和やかだった。

高速道路を三十分ほど走った頃、次の秦野中井《はだのなかい》インターで下りろと遥に言われる。

「下りたら国道２４６号を行け。四十分ばかり走ると『ヤビツ峠』の看板が立っている」

「峠、ですか」

「多少道幅の窮屈《きゅうくつ》な山道にはなるが、日が暮れる前だし、おまえのその運転なら問題ない。どうしても怖ければ代わってやる」

「いえ、大丈夫です」

最後の一言に佳人は躊躇《ためら》いを払いのけ、きっぱりと言ってのけた。遥が酔っていないのは承知しているが、万一ということがある。帰りはともかく、今の段階で遥に運転させるわけにはいかない。ましてや佳人が腑甲斐《ふがい》ないためにそうなるのは心外だった。にわかに意地が出る。

遥も佳人の気の強さは知っている。ふん、と軽く鼻を鳴らしたとき、明らかに愉快そうだった。

スピードを落とし、カーブを幾度も曲がりながら狭い山道を上っていく。

頂上が近づくにつれ樹木の隙間から山裾に広がる集落が見え始めた。

「ここは夜景の綺麗《きれい》なスポットなんですか?」

脇見のできない佳人は、頂上が待ち遠しかった。車を停めて景色をじっくり眺めたい。後ろに一台同じ目的と思しき車がついてきていたため、きっとそうなのだろうと思いつつ遥に聞いた。

「ああ。もうすぐ駐車場に着く」

遥の言ったとおり、間もなく前方が開け、車が二十台ほど駐められる駐車場が見えてきた。

まだ日没前だが駐車スペースはほとんど埋まっている。佳人と後続の車が入ると満車になった。

外を歩いている人々は、圧倒的に男女のカップルが多い。中にはグループで来ているらしい連中もいたが、男二人というのは目につく範囲にはいない。

エンジンを切った佳人は、どうしますか、と問いかけを込めた眼差しを遥に向けた。

「降りるぞ」

委細頓着せずに遥はさっさとドアを開けて外に出る。

佳人は一瞬でも怯んだ自分が恥ずかしくなり、すでに歩きだしている遥の後を追う。

「遥さん」

逞《たくま》しい背中に呼びかけると、遥は首だけ回して佳人を見た。

「この先に展望台がある」

言いながら若干歩幅を狭くしてくれ、佳人と並んで歩くときの足取りになる。

展望台には駐車場近辺の比ではなく人が大勢いた。ますますカップル率が上がっていたが、佳人はもう気にしなかった。

風が涼しくて心地いい。

手摺りに身を寄せて眼下を見渡す。

裾野に広がる集落は秦野市《はだのし》だ。遠くには湘南《しょうなん》や江ノ島《えのしま》、葉山《はやま》などが望める。日のあるうちに見ても壮観だ。夜はさらに絶景なのだろう。

「遥さん、ここにはよく来ていたんですか?」

靡《なび》く髪を手で押さえ、佳人はもっと遥のことが知りたくて聞いてみた。

「よくというほどじゃないが。事業が手詰まりになって気持ちが荒れていた頃、頭を冷やしに何度か足を伸ばしたことがある。ここの夜景は見ていて飽きなかった」

抑揚《よくよう》を欠いた調子ではあったが、遥は隠すつもりはなさそうに話してくれる。

「おれも見たいな」

頭の中で思っただけのはずが、知らず知らず口に出して言っていた。あっ、と狼狽《うろた》えたが、横に立つ遥の耳にも届いたようで、ごまかしようもなかった。

「じきに日が暮れる。どうせだからそれまで待って、見て帰ればいい」

とはいえ、入れ替わり立ち替わり人が来るため、ずっと手摺りに凭《もた》れているのも顰蹙《ひんしゅく》な気がして、佳人は遥と一緒にいったん展望台を後にした。

他に見る場所もなさそうなので車に戻り、遥に倣《なら》ってリクライニングシートをフラットになるまで倒し、横になる。ここからは遥がドライバーズシートに収まった。

車中でこんなふうに遥と並んで寝そべるのは初めてだ。

なんとなく奇妙で擽《くすぐ》ったく、顔を横にして遥と見合わせられない。佳人はもっぱら車の天井ばかりに目を遣っていた。

自分ではそれほど疲れているという意識はなかったが、午後の二時間庭で草むしりをしていた上、不慣れな遥の外国車を運転してきたのが予想外に堪《こた》えていたらしい。

軽く閉じているだけのはずだった瞼が次第に重くなってきて、いつの間にか眠りに引き込まれていた。

どのくらいしてだろう。

唇に温かく湿ったものが触れていることに気づき、うっすらと目を開く。

「……遥さん」

「もう夜だ」

佳人の上に覆い被さってきていた遥は耳元で低く囁いた。

耳朶《じだ》に息を感じ、佳人はビクッと首を竦めた。艶っぽい声との相乗効果で官能を擽られる。

車の中も外も暗く、間近に見上げる遥の顔も目が慣れるまでは輪郭《りんかく》しか判別できなかった。ここには駐車場を照らす外灯の明かりがほとんど届いていなかった。それでも徐々に、遥の輝いている瞳や時折瞬く睫毛など、細部の様子が見て取れるようになってくる。

「まだ人がたくさんいるんでしょう？」

いくら暗闇に紛れて中の様子が見えにくくなっているとはいえ、こんなふうに重なり合っているのは大胆ではないかと佳人は心配になる。

しかし、遥は意味ありげにフッと唇の端を上げ、悪びれない。

「ああ。いることはいるが、今車の中にいる連中はたいがい俺たちと同じことをしている」

「えっ」

思わず佳人は頭を擡《もた》げ、窓から外を確かめた。

暗くてよくわからないが、気のせいか車が揺れているようだ。

「不粋《ぶすい》だぞ」

それが意味するところに思い至って赤面したのと、遥に肩を押し戻されたのとが同時だった。

再び無遠慮に唇を塞がれる。

「……んっ……う、……うっ」

噛みつくように口唇を貪られ、佳人は遥の背に両腕を回して抱きついた。

狭いシートの上ではろくに身動きできない。遥にのし掛かられている上体はもとより、手も足も下手に振り回せばあちこちにぶつけて痣だらけになりそうだ。

「こういうの……遥さんもするんですね」

濡れた唇を離されたとき、佳人は息を弾ませつつ意外さを込めて遥を揶揄した。

遥がムッとしたのが気配で察される。

「悪いか。どうせ俺は俗物だ」

気まずいのか、開き直って不機嫌そうにする遥が佳人はどうしようもなく愛しい。

遥の頬に手のひらを当て、宥《なだ》めるようにそっと指先を動かす。

「怒らないでください。おれも今ここでしたい。やめなくていいでしょう?」

「やめられるくらいなら最初から手を出しはしない」

忌々《いまいま》しげに言った遥は、窮屈な車内で器用にドライバーズシートからナビシートにいる佳人の上に移ってきた。

全身にずっしりと遥の重みと熱を感じる。

顎を取られて頭を仰け反らされた。

無防備に晒した首筋をツッと指で辿られ、喉仏を軽く押された途端、佳人はビクッと全身をおののかせた。

「あっ……あ、遥さん」

環境が違うせいか、遥の愛撫までいつもと違って感じられる。佳人は頼りない声を出し、遥のシャツを摑んだ。

「俺が怖いか？」

佳人は黙って首を横に振る。怖いのは感じすぎる自分の体だ。いつにもまして敏感になっていて、どんな痴態《ちたい》を見せてしまうか予測がつかず気が気でない。もしも誰かに車内を覗かれたらという心配もある。こんなスリルは味わったことがなく、おそらくそれもあって過敏になっているのだろう。

「隣は気にするまでもなくお互い様だ。他には誰もここまで来ない」

佳人が寝ている隙に遥は車を駐車場の最奥に移動させたらしい。よほど熟睡していたのか、まるで気づかなかった。用意周到だ。常から遥は己の欲求を隠さず率直にぶつけてくるが、公共の場に駐めた車の中でというシチュエーションは想定外だった。お互いそういう無鉄砲をする歳ではないと思っていたからだ。だが、遥は佳人が思っていた以上に柔軟で奔放《ほんぽう》な一面を持っているらしい。

「んっ、あ、あ……っ」

首に唇を滑らされ、佳人は小さく喘ぐ。

感じやすい耳朶の裏や耳の穴にも舌と唇を使われ、じっとしていられずにビクンビクンと身を揺らし、熱い息を吐く。

我ながら淫らな体だ。遥に触れられたところはどこでも性感帯になり、官能の渦《うず》を巻き起こす。

ボタンを外してシャツをはだけられ、手のひらを胸に這わされる。

すぐにツンと突き出した乳首が遥の指に引っかかり、わざと言葉で嬲《なぶ》って辱《はずかし》められる。

「もういやらしく勃たせていたのか」

「あ、あぁっ」

摘《つま》み上げてさらに尖らされた乳首を、音を立てて吸い上げられ、佳人は堪らず頭を左右に振りたくった。

「いやだ、遥さんっ、感じる……！」

悦楽のスイッチを押されるようだった。吸ったり歯を立てて噛まれたりするたびに、そこからビリビリと全身に快感の痺れが走る。

両の胸を交互に手と口で弄《いじ》られ、佳人は何度もシートから身を浮かせかけ、足をばたつかせてのたうった。

さんざん喘いで目尻に涙まで湧かせる頃には、佳人の体はすっかり快楽の虜《とりこ》になっていた。

ジーンズをずり下ろされ、片足を抜かれるときも、早く次の愛撫が欲しくて自分から積極的になって協力した。思うように動けないもどかしさにかえって欲情を煽《あお》られ、淫らな気分にさせられているようだ。

下着まで剝《は》ぎ取られると、待ち兼ねていたように硬く張り詰めた陰茎が天を突く。

遥の手で握り込まれ、軽く二、三度扱《しご》かれただけで、もう淫らな雫《しずく》が先端の隘路《あいろ》から零《こぼ》れた。

「昨夜もずいぶん出したはずだろう。節操のない男だな」

「やめてください……そんな言い方」

自覚があるだけに佳人はたちまち羞恥に頰を火照《ほて》らせる。

佳人を抱くとき遥はぐんと意地が悪くなる。恥ずかしい目に遭わせればいっそう燃えると知っていて、あえて猥《みだ》りがわしいセリフを吐くのだ。

「舐めてやりたいが、この体勢では無理だ。指で我慢しろ」

ぬるつく先端を指の腹で撫で回しつつ、棹の部分の包皮を上下に動かされ、佳人は乱れた声をひっきりなしに放つ。

唇を嚙みしめて耐えようとしても無駄な足搔《あが》きで、すぐに解けて艶混じりの喘ぎや嬌声を洩らしてしまう。

下腹を巧みに弄るだけでなく、遥の唇は充血して膨らんだ乳首や喉の弱み、顎の下などを行き来して、佳人を惑乱させ、悶《もだ》えさせた。

「も、もう……、あ、あぁぁ……っ」

いく寸前まで追い詰められて、佳人は遥に縋《すが》り、シャツを着たままの背中に爪を立てる。

「ああ、あっ、イキそう！」

遥の手の中で陰茎がビクビクと淫猥《いんわい》に跳ねる。

「遥さん、遥さん、おれもう」

佳人は夢中で遥を呼び、はしたなく腰を打ち振った。

「お願いです、も……っ、いかせて。いかせてください！」

乱れてのたうつ佳人をまだ見ていたいのか、遥はなかなか最後の山を越えさせてくれない。

佳人は啜り泣きながら哀願する一方、自分ばかりが嬌態《きょうたい》を晒させられる悔しさから、覚束ない手つきで遥のシャツのボタンを外すと、弾力のある美しい胸板に手を這わせ、両の小さな粒を弄った。

「よせ」

乳首は遥も感じるらしく、眉根を寄せて唇を噛む。

「あ、あぁ、遥さん」

佳人は遥の首を掻き抱いて唇を合わせた。

下腹部から湧き起こる快感のさざ波に脳髄が痺れるようだ。

佳人は胴を淫らに震わせながら生温かな白濁を遥の手に吐き出し、果てた。

解き放たれる際に得た法悦に溺《おぼ》れる中、縋るものを求めるように遥の口唇を吸い、舌を絡ませる。

遥も熱っぽく応えてきて、息さえ奪い合うほど濃厚な口づけを交わす。

淫靡《いんび》な水音を立てて粘膜を繰り返し結合させ、互いの口腔《こうこう》に舌を差し入れ掻き回し、唾液を啜り合う。次第に、どこまでが自分のもので、どこからが相手のものなのかもあやふやになる。

激しいキスを続けつつ、遥の濡れた指は佳人の後ろに分け入っていた。

足を大きく開かされ、谷間ではしたない収縮を繰り返していた秘部に触れてくる。

遥はぬめった白濁を襞《ひだ》に擦りつけ、そのまま一本の指先をつぷっと窄《すぼ》まりの中心に埋めてきた。

「……んぅっ」

唇を塞がれたまま佳人は異物感にあえかな呻き声を洩らし、遥の肩に手をかけた。

「力を抜け。もっと気持ちよくしてやる」

キスをやめた遥がゾクッとするくらい色気の滲《にじ》んだ声で言う。

「ああ、あっ……んっ」

佳人は大きく顎を反らせ、ますます強く肩を摑む。

後孔を締める力を緩めた途端、長い指がいっきに付け根まで入ってくる。

太いもので貫かれるのに馴染んだ器官は、遥の指を貪欲に取り込み、引き絞る。無意識のうちに内壁を淫らに蠢《うごめ》かせてしまい、佳人は遥に低く笑われてカアッと顔中を熱くした。

「欲しがりめ」

揶揄混じりに言葉で嬲られる。

中を穿《うが》つ指の動きと相俟《あいま》って、佳人はピクピクと顎や指を震わせた。脳と肉体の両面から追い詰められ、悦楽を味わわされる。

遥は佳人のわななく唇を再び塞ぎ、もう一方の手で乳首を撫でて弄《もてあそ》びだす。

「い、いやだ……、変になる……！」

首を振って口づけから逃れた佳人は、湿った恥ずかしい音をさせて抜き差しされる指と、胸の突起を磨り潰すように刺激する行為に、息を弾ませて喘いだ。

乱れる佳人の姿を見下ろす遥の顔は満足そうだ。

秘部を穿つ指が二本に増やされ、空いた乳首を唇で挟み、尖らせた舌先で擽る。

「……あぁ……っ、あ、あぁ」

手の甲で口を塞いでも声を出すのを止められない。

掻き混ぜられ、何度も抜き差しして拡げられた器官は、濡れて物欲しげにひくつく。

後ろへの愛撫に加え、乳首を指先や舌で転がされただけで、下腹のあたりに直結するビリリと痺れるような妖《あや》しい刺激が生じ、佳人の前は再び兆して芯を作り始めている。

そろそろ頃合いだとみたのか、遥がずるりと指二本を抜き出した。

佳人はそれにも感じて、ううっと艶《なま》めかしく息を吐く。

ジッパーを下ろすエロティックな音が響き、佳人は否応なしに昂《たかぶ》った。

綻《ほころ》んで柔らかくなった窄まりに猛った硬い先端があてがわれる。

「あ……。遥さん」

「佳人」

至近距離で互いに顔を見つめ合う。

ぐっと遥が腰を突き上げ、佳人の中に押し入ってきた。

「はうっ、あ、……あっ」

怒張したものが内壁を強引に掻き分けずぷっと埋め込まれてくる。

「あぁ……！」

佳人は顎を高くして背中がシートから浮くほど身を仰け反らせ、歓喜に満ちた悲鳴を放った。

激しい摩擦に内側が熱を持ってジンジン疼《うず》く。

入り口の襞を巻き込むようにして挿《は》り込んでくる勃起は、それでもまだすべて含まされていなかった。

「辛いか」

遥はじわじわと腰を進めてきながら、労《いたわ》るように佳人の汗ばんだ額に口づけを落とす。

佳人は「いいえ」と首を振ると、遥の背中に腕を回して涙で霞《かす》む目を瞑《つむ》る。辛くないわけではなかったが、それより遥を全部受けとめて、一緒に法悦を極めたい気持ちが勝っていた。

ずずっと雄芯《おしん》がいっきに根本まで穿たれる。

佳人は嬌声を上げて噎《むせ》び、遥に縋りつく。

遥も佳人の体に腕を回し、不安定で窮屈なシートの上でしっかりと抱き合った。

不自由極まりないが、密着度が高く、これはこれで興奮する。

「……おれの車で来ていたら、さらに大変なことになっていたでしょうね」

遥のすべてを受け入れた満足感と苦しさに喘ぎつつ、佳人はうっすら笑ってみせた。

「ああ」

照れくさいのか、遥はぶっきらぼうに受け流す。

暗い中でも遥の端整な顔に浮かぶ気持ちよさそうな表情がわかり、佳人は自分自身が感じて歓喜の直中《ただなか》で揉まれているとき以上の快感を覚えた。

「遥さん、動いてください。もっと欲しい」

なりふりかまわず懇願する。

遥は上体を起こして佳人の剝き出しになった方の足を腕に抱え、深く折り曲げさせた。もう片方も股関節が軋《きし》むほど開かされる。上半身はシートに押さえつけられたままだ。

佳人は遥を見上げ、これから与えられる忘我の境地を脳裏に描き、こくりと唾を飲んだ。

ゆっくりと遥が腰を引く。

粘膜を擦り立てながら太い雄芯が抜き出されていき、佳人は早くも感じて唇や睫毛を震わせた。

先端の括《くび》れた部分まで抜いたものを再びじわじわと戻される。

「うう……っ、あ、……いやだ、あ……！」

全身が粟立《あわだ》つような淫靡な感覚に包まれる。

「欲しかったんだろう」

「……はぅっ……うっ」

最奥まで貫かれて腰を揺すり立てられ、佳人は眩暈《めまい》がするほどの快感にあられもなく身悶えた。

「あぁぁ、いい」

動かされるたびに悦楽を味わわされて惑乱しそうになる。

腰を突き上げる速度が次第に増していく。

激しい抽挿《ちゅうそう》に、佳人は壊れてしまうのではないかと兢々《きょうきょう》として遥にしがみつき、よがり泣いた。

「佳人……っ」

遥の声にも切羽《せっぱ》詰まった感じが出てくる。

もう一度兆した佳人の陰茎も、互いの腹に挟まれて擦り立てられるせいで、隘路から先走りを滴《したた》らせていた。

「ああ、だめだ、またイクッ」

我慢し切れず二度目の精を迸《ほとばし》らせる。

佳人は髪を振り乱して必死に嬌声を噛み殺し、大きく胸を上下させて息を荒げた。目から零れた涙で頬が濡れる。

「佳人」

遥は佳人の髪を指に絡ませると、いったばかりでぐったりとした体を見下ろし、呼吸が整うまで動きを緩やかにしてくれた。

「もういいか。俺もそろそろ限界だ」

苦笑して言う遥の声は尋常でなく色っぽく、佳人はゾクゾクして肩を震わせた。

「……きて、ください」

「途中でやめろと弱音を吐いても知らないからな」

遥は脅すように前置きし、佳人の腰をぐいっと両手で摑んで引き寄せる。同時に抜き差しも再開した。

肌と肌を打ち合わせる音が響き、全身を揺さぶられ、猛ったもので狭い器官を責め立てられる。

達した直後の体は恐ろしく過敏になっていて、佳人は堪え切れずに遥のシャツに顔を伏せ、くぐもった悲鳴を上げ、嗚咽《おえつ》する。

体が熱く、汗が出る。

淫らで激しい動きにシートが揺れ、声や音が外に洩れていたらどうしようと頭を掠めたが、それも一瞬のことだった。

様々な角度で突き上げられて奥を叩かれるにつれ、佳人は何も考えられなくなってきた。

口を衝くのは嬌声と、許しを請う言葉だけになる。

快感が猛烈な嵐のように襲ってきて、瞬く間に巻き込んで攫われ、宙に投げ出される。

「遥さんっ！」

佳人が叫んだのと遥が熱い迸りを中に放ったのとが、ほぼ同時だったようだ。

遥の腕にきつく抱き竦められ、佳人は汗ばみ火照った体を預けた。

「大丈夫か」

尋《たず》ねる遥の息も乱れている。

まだ秘部を穿ったままの遥のものを呼吸に合わせて締めつけながら、佳人は情動のまま遥と唇を合わせた。

吐息を絡めて深く口づけする。

そうして徐々に熱が引き興奮が静まるのを待つ。

遥と事後に触れ合っているのが佳人は行為するのと同じくらい好きだ。安堵し、満たされた心地になれる。

「すっかり羽目を外してしまったな」

自分自身に呆《あき》れたように遥が呟《つぶや》く。

「おれは嬉しかったです」

佳人ははにかみつつも本音で答えた。

「ずっとこのままでいたいが、そうもいかないな」

遥が腰を引くと、佳人の秘部を埋めていたものがずるりと外に出た。

抜けるとき思わず襞を収縮させて引き止めかけてしまいそうだった佳人は、羞恥のあまり俯いた。

「これがそんなに好きか？」

「そ、そうじゃなくて……おれは遥さんが好きなんです」

佳人は慌てて首を振り、顔を上げて遥を見つめた。

フッと口元を緩めて笑った遥は、佳人の上から身を離し、シートの間にあるシフトレバーに触れないように注意しながらドライバーズシートに戻った。

それぞれに後始末をして衣服の乱れを正す。

「シート、汚してないといいんですけど」

本革製のラグジュアリー仕様なのを思い出し、佳人は遅まきながら心配した。

「ああ」

遥は別に気にしたふうでもなく、いかにも適当な返事をする。

身支度を整えた遥は、ドアを開けて車から降り立った。

「佳人、出てきてみろ」

遥に呼ばれ、佳人も外に出る。

駐車場の果てになるこの付近には人気がないが、展望台へと続く広場のあたりには夕方以上に人が屯《たむろ》している。隣に駐まっていた車はいつのまにかいなくなっており、一台分空いたままになっていた。

「夜景も素晴らしいだろうが、今夜は星も綺麗だ」

言われて空を振り仰ぐ。

「……わぁ。本当ですね」

真っ暗な天蓋に散らばっている無数の星を見て、佳人は感嘆の溜息をついた。

「こんな星空は久しぶりに見ます」

東京ではまずお目にかかれないだろう。

しばらく遥と並んで空を眺めた。

吸い込まれそうに美しい。

さりげなく遥に手を取られて握り締められ、佳人は我に返って遥の顔を見た。

「来い。夜景を見たら、帰るぞ」

促す遥の口調はいつもと変わらず無愛想だ。

だが、眼差しに深い愛情が籠もっているのを佳人は見逃していなかった。

Repose

マリーナに着き、香西《こうざい》のクルーザーから降りると、中村《なかむら》が社用車で迎えにきていた。東原《ひがしはら》から連絡を受けたらしい。佳人《よしと》を先に乗せ、遥《はるか》自身も馴染んだベンツの後部座席に身を乗り込ませると、ようやく日常を取り戻した心地になり安堵《あんど》した。

「それじゃあ、僕はこちらで」

外からドアを閉めてくれた貴史《たかふみ》が、窓から顔を出す遥に向かい、頭を下げて挨拶《あいさつ》する。

「本当に、乗っていかないか、執行《しぎょう》？　どこにでも送るぞ」

「貴史さん、よかったらぜひ」

遥に続いて佳人も奥から身を乗り出してきて、熱心に勧める。

「あ、いえ、お気遣いなく」

それでもやはり貴史の返事は変わらず、「今日はゆっくり休まれてください」とにっこり笑って手を振られた。

あまり無理を言ってもかえって悪い。貴史には貴史の考えや気持ちがあるだろう。遥は、この礼は後日必ずすると約束し、貴史が見送る中、車を出させた。

走り始めた車内で、傍《かたわ》らの佳人がほうっと心の底から安心したような深い吐息を洩《も》らす。よほど気が抜けたのか、シートに頽《くずお》れるほど深く上体を預け、しばらく放心した表情でいる。こんなふうに脱力した様子の佳人は初めてだ。やっと自分が本来いる場所に戻った気分になれたからだろうか。

遥は横目で佳人を見やり、腕を伸ばして、両膝の間で軽く握り合わされていた手のうち、自分に近い左側の手を取った。

「遥さん」

佳人がはっとして顔を上げ、遥の方を振り向く。

「あの、すみません、おれ」

だらしのないところを見せてしまったことを恥じてか、佳人は狼狽《うろた》えた顔で謝った。背筋を伸ばして座り直そうとして、腰の位置をずらしかける。

「かまうな。ここから先は俺とおまえだけだ」

遥はぶっきらぼうな声を投げ、佳人の左手を摑んだ指に力を込めた。

「おまえが俺に遠慮する必要はない」

「……遥さん」

じわりと佳人が赤くなり、気恥ずかしさをやり過ごすように俯く。

青白い頰にほんのり朱《しゅ》が差す様を見ていると、遥は胸に込み上げてくるものを感じた。愛されていることを強く意識する。佳人は本当に、捨て身になるのも厭《いと》わないくらい熱の籠《こ》もった気持ちで遥を想ってくれているのだ。今度のことでそれがひしひしと、身に染みてわかった。

今まで、これほど誰かに想われたことがあるだろうか。

胸が詰まる思いがする。

遥は思い切って佳人の腕を引いた。

不意を衝《つ》かれてバランスを崩し、「あっ」と短い驚きの声を上げて傾《かし》いできた佳人の肩に腕を回し、抱き寄せる。まだ日も高い真昼の、しかも公道を走る車の中だ。柄《がら》にもなく遥が取った行動に、佳人は動揺を隠さず狼狽えて身動《みじろ》いだ。らしくない、どうしたんだ——そんなふうに戸惑っているのだろう。

無言のまま、遥は佳人の頭を自分の肩に凭《もた》れさせ、後頭部の髪を梳《す》き上げた。

こうして体を寄せ合い、佳人の熱や息遣い、指通りのいい髪などに触れていると気持ちが安らぐ。今回巻き込まれた事件から真に解放され、ようやく日常を取り戻したことを実感する。

佳人からも遥の体をそっと抱いてきた。

「少しだけこうしていていいですか……？」

胸板に顔を埋めながら、くぐもった声で遠慮がちに聞いてくる。

遥は返事の代わりにそっけなく頷《うなず》いた。半分は照れ隠しだ。佳人も慣れているから、今さら遥の反応に多くを期待しないし、消沈もしない。ただ、遥に回した腕の力を若干強くした。

「今日はもう、一日オフだ。俺も疲れた」

殴られたり蹴られたりした挙げ句、天井から吊り下げられていた遥の全身は、酷く痛めつけられている。クルーザーの中で佳人を求め、情動のままに激しく抱いたときには感じなかった疲労が、ここにきていっきに出たようだ。

「大丈夫、ですか？」

めったになく遥が、疲れたなどという虚勢を張らぬセリフを口にしたせいか、佳人は心配そうに曇らせた顔を仰がせ、遥の顔色を窺《うかが》ってきた。遥は気まずさからフイとそっぽを向く。つい本音が出てしまったが、佳人を不安がらせるつもりはなかった。

怒ったり泣いたり、心配したり焦ったり、はたまた恐怖したりと、連絡が取れなくなった一昨日の夜から今朝まで、佳人は様々な感情を湧き上がらせ、神経をすり減らし、心を乱れさせまくっていたに違いない。

遥も疲れているが、佳人も相当疲弊《ひへい》しているはずだ。大丈夫かと聞きたいのは遥のほうだ。

「おれも、大丈夫ですよ」

押し黙ったままの遥の気持ちを汲《く》み取ったように、佳人がぽつりと言う。そして、さらに遥に身を寄せてきた。ぴったりと体を密着させたので、今度は佳人の胸の鼓動まで、微《かす》かながら感じ取れた。

遥は佳人の肩に置いていた手をずらし、ワイシャツ越しに背中を撫でた。

「遥さん」

佳人の唇から溜息に近い声が零《こぼ》れる。

「無事で……よかった」

本当によかった——佳人はさらに小さな声で囁くように続け、込み上げてくるものを呑み込むように嗚咽《おえつ》を洩らした。

「こんな思いは二度としたくない……」

「もう言うな」

堪らなくなって、遥は佳人の体を少し離し、尖った顎に指をかけて擡《もた》げさせると、細かく震えている唇を、自分の口で無造作に塞いだ。

唐突な行為に最初は驚いていた佳人だが、ややもすると強張らせかけた体から力を抜き、遥の口づけに自らも積極的に応え始めた。ここが社用車の中で、運転席にはお抱え運転手がいるのだということは、すっぱりと頭から抜け落ちてしまったらしい。情動が理性に勝ったのだろう。

湿った音が狭い車内に時折響く。

唇を離し難《がた》くて、遥は今までしたこともないほど長い時間、角度や深さを変えて佳人に口づけた。

最後にゆっくり、名残惜しげに唇を離す。

遥の首に回されていた佳人の腕が、ずるりとシートの上に落ちた。仰け反らせた首も力をなくしてかくんと仰向けに反り返る。

すと、穏やかな寝息を立て始めた。

しばらくは必死で眠気と闘っているようだったが、やがて佳人は、遥の膝に頭を預けて突っ伏

長い睫毛《まつげ》が重たげに揺れる。

「ご、めんなさい……急に眠気がしてきて……」

「おい」

「中村」

遥は低めた声で運転席の中村に声をかけた。職務に忠実な中村は、運転中は運転にのみ集中している。後部座席で誰がどんな話をしていようと、どんな行為に及んでいようと関知しない。目と耳と、そして口を閉ざす、プロだ。遥の運転手に雇われてまだ日は浅いが、その前も某大手企業会長のお抱え運転手をしており、高齢の会長の死亡と共に前職を辞した経歴に、遥は信用できる感触を持って中村を採用した。今のところその信頼は裏切られていない。

「なるべく揺らさないように走ってくれ」

「畏《かしこ》まりました」

佳人が起きているときには決して言わない言葉が、ごく自然に出てくる。我ながらおかしなものだった。

膝にかかる重みが遥を満ち足りた心地にする。

遥にはもう、佳人がいない生き方は想像できなくなっている。捕らわれていた間に、はっきり

と自覚した。いつのまにこれほど佳人に心を奪われてしまったのか。なぜこんなにも惹《ひ》かれるのか――。遥にも定かではない。

たぶん、俺は一生こいつといるんだろう。

遥は理由もなくそんな確信を持つ。

せっかくの眠りを妨げぬよう、指先が触れるか触れないかというくらいの控えめさで佳人の髪を撫でながら、遥は快適な走行を続ける車窓から冬間近の景色を眺めた。

春が来るまでには今よりもう少し焦《じ》れったさのない関係になっているだろうかと考えて、まぁおそらく無理だろう、と苦笑する遥だった。

海辺にて

湾岸道路沿いの駐車スペースに車を駐めた遥《はるか》は、相変わらず無口でぶっきらぼうだ。佳人《よしと》に一声かけるでもなく黙ったまま先に外に出て、砂浜へと続く石段を下りていく。

明るく晴れた、風の気持ちいい午後である。

上着を脱いでシャツ一枚になった遥の広い背中を、佳人は追っていく。

——せっかくこんなとこまで来ているんだ。天気もいいし、漁港にでも行ってイカの丸焼きでも食うか？

遥からの突然の誘い。

照れくささを取り繕うかのごとくぶっきらぼうに言った遥の声が、まだ佳人の耳朶《じだ》に残っている。本来ならば、今頃は仕事をしているはずの時間帯だ。何を置いても仕事が最優先、俺には趣味など何もないと言い切って憚《はばか》らない遥が、珍しく自分から半日休む気になった。しかも、真っ直ぐ帰宅せずに寄り道しようなどと言う。戸惑いと、甘酸っぱいような嬉しさが、佳人の胸に込み上げた。

そうやって佳人をドライブに連れ出してくれておきながら、ここへ着くまでの間に遥は何を喋《しゃべ》ったわけでもない。いつもと変わらず口数少なくハンドルを握り、運転に専念していただけだ。

ラジオも音楽も聴かず、エンジンの唸《うな》りだけが響くスポーツカーの中は、それでも不思議と心地よい雰囲気に満ちていた。

石段の先は短い下生えの生えた緩やかな土手だ。地面はもう細かな粒子の砂だった。数メートル先には古くなったテトラポットが積み上げられている。

白っぽい砂に革の靴が埋まって歩きにくい。

足取りの変わらぬ遥との距離が少し開きかけたとき、遥が足を止めて体ごと佳人を振り返った。

視線がぶつかり合う。

待っててやるからさっさと来い。切れ長の鋭い目がそう言っている。

佳人は足取りを速めて遥の傍《かたわ》らに立った。

「すみません」

遥はそれには何も返さず、風に吹かれて頬や額に打ちかかる髪を無造作に掻き上げながら、間近に広がる海に顔を向け直す。

「おまえ、前に海を見るのが好きだと言っていたな」

「言ったかもしれません」

「今まで見た中で一番好きなのはどこの海だ」

思いもよらぬことを遥に聞かれ、佳人は少々面食らった。咄嗟《とっさ》にどこと挙げられない。海を見るのが好きなのは本当だが、実をいうと関東周辺の海しか知らないのだ。外国の海はもちろん、沖縄の海も北海道の海も実際目にしたことはない。

「……どこも好きです」

仕方なくそんな面白味のかけらもない答え方をすると、遥は遠景を眺め続けつつ、「そうか」と別段どうでもよさそうに相槌《あいづち》を打つ。

そのままこの話は終わるのかと思ったのだが、意外にも遥は僅《わず》かに間を置き、再び自分から口を開いた。

「俺は海なんか好きでも嫌いでもないが、おまえとはよく見るな」

言われてみれば確かに遥とはしょっちゅう海を見ている気がした。意識的にそうしているわけではなく、何かと縁があるだけだ。

さらりと言うだけ言うと、遥はゆっくりした歩調で波打ち際に向かいだす。

今度は佳人も遥と肩を並べて一緒に歩いた。

サクッ、サクッと砂が足下で音を立てる。

「磯の香りがしますね」

「ああ」

平日の昼間とあってか、見渡す限り他に誰の姿もない。

波はそこそこ荒くて、時折派手な水飛沫《みずしぶき》を立てて砂浜に押し寄せ、しゅわしゅわと白い泡を波打ち際に残して引いていく。

「向こうに港が」

今佳人たちがいる海岸の左手数キロ先に、海に向かってコンクリの防波堤が伸びた港が望める。埠頭には漁船が何艘も停泊していた。

「あの辺りに行くと、水揚げした魚貝類を直売する商店が並んでいるんじゃないですか」

たぶん、炭火で焼いたイカを食べさせてくれるところもあるだろう。

佳人の言葉に、遥は唇の端を上げ、フッと揶揄《やゆ》するように笑った。

「焼きイカとか揚げイカとかを露店で買って食ったことなんかあるのか?」

「ありますよ、いちおう。もしかして、ないと答えると思ってました?」

「なくはないだろうと思ったが、想像がつかなかった」

「じゃあ、これから実際見て確かめてみますか」

「ああ。そうだな」

遥は、表面上はたいして気乗りしていなさそうに淡々と返事をすると、波が押し寄せるギリギリのところでやおら立ち止まり、太平洋と向き合った。

つられて佳人も足を止め、遥を仰ぐ。

もうすっかり見慣れたはずの整い切った横顔に、佳人は性懲《しょうこ》りもなく見惚れてしまう。いつも無愛想で怒っているような仏頂面ばかりだが、どんな晴れやかな笑顔より佳人は遥のこの不機嫌な表情に魅《み》せられる。

しばらく肩を並べ、次から次へと畳みかけるように押し寄せ隆起する波の姿を眺める。

時折力強い波が起きると、泡になった海水が足下まで流れてきて、靴を洗われた。ズボンの裾にも飛沫がかかり、濡れてくる。

遥の腕がごく自然と佳人の肩に回されてきて、そのまま抱き寄せられた。

「……遥さん？」

こんな場所で、もし誰かに見られたら、と躊躇《ためら》いが浮かぶ。

しかし、遥はいささかも頓着《とんちゃく》する素振りを窺わせず、佳人の顎を取って軽く擡《もた》げさせるや、大胆にも唇を塞いできた。

口先を触れ合わせてすぐに離すような一瞬のキスではなく、本格的に接合を繰り返す深いキスをされ、佳人は当惑した。

「だめだ……、だめです、遥さん……」

角度を変えて小刻みに何度も口づけられる合間、佳人は言葉の上でだけ制止を繰り返す。

本気でやめてほしいわけでないことは、抵抗らしい抵抗もせず、弱々しく酩酊《めいてい》したような声しか出さないところから、誰の目にも明らかだったろう。

いつどこから人に見られても不思議はないというのに、遥は堂々としたものだ。いいんですか、と聞いたところで、いつもの通りそっけなく「俺はかまわない」と切って捨てるように言ってのけるだけに違いなかった。

目を閉じて、湿った唇と唇を合わせる感触に意識を向ける。

遥との口づけは、佳人の体の奥にある芯を疼《うず》かせる。

心地よさに熱くて甘い吐息が零《こぼ》れ、自分からももっとしてほしくなって遥の唇を吸う。交互に啄《ついば》み合うキスは、次第に密度を濃くしていって、最後は舌と舌の戯《たわむ》れにまでなっていた。

「もう……、本当に……」

これ以上すると歯止めが利かなくなりそうだ。

「……ああ」

遥も艶めいた声で同意すると、最後にもう一度口と口を合わせてきた。

そしてようやく、すっかり濡れて柔らかみを増した唇を名残惜しむように離す。

離されてもしばらく佳人は陶然とした心地で、遥の胸板に身を寄せかけたままでいた。

キスの間は不思議と聞こえてこなかった波の音が、耳に戻ってくる。

もし背後に人がいたらと思うと、気恥ずかしくとうてい平静な顔をしてはいられなくなりそうで、臆病かもしれないが周囲を確かめるのも憚《はばか》られた。

「どうした？」

耳元で遥の低くセクシーな声がする。

その声一つで佳人はぞくりと官能的な痺れを感じ、罪作りな男を恨めしさを込めて睨《にら》み上げた。

ぶつかり合った遥の瞳は真摯《しんし》だ。

迷いも衒《てら》いもない。ただ、真っ直ぐに佳人だけを見つめてくる。

熱い、と思った。普段は取りつく島もないくらい冷徹に感じるのに、いざとなると視線で焼き尽くされるのではないかと思うほど熱い。

「イカはやめるか?」

佳人の肩から腕を離し、遥は踵《きびす》を返して波打ち際から離れていく。

周囲にはやはり他に人気はなかった。

だが、もう、佳人はそんなことはどうでもよくなっていた。

「待ってください、遥さん」

意地の悪い男の背中を追いかける。

どんどん大股で先に行っていた遥が、傾斜の緩い土手の中腹辺りで振り返る。

「……来い、佳人」

佳人ははいと頷きながら、胸の内で、きっと自分はどこまでも遥についていくだろうと思うのだった。

金魚の舞う夜

喧嘩《けんか》のきっかけは些細なことだった。

六月に受けた定期健康診断の結果、遥《はるか》に再検査を促す数値が一部出ていたのだが、八月になってもまだ遥が病院に行っていないことがわかり、佳人《よしと》は心配のあまりいつになく厳しい口調で遥を責めた。

「仕事が仕事がって……！　忙しいのは皆同じです。でも、そんなの、やらなくてはいけないことに対して持ち出すのは弁解にすぎないって、遥さんよくおれに言ってますよね？」

実のところ、佳人も春からこっち例年になく忙しかった。三月の終わり頃から茶道教室に再び通い始めたのをきっかけに、ひょんな人物との出会いから自分自身で事業を一つ興《おこ》すことを決意し、先月までは週末ごとにそのために奔走《ほんそう》する日々を過ごしていたのだ。

今月に入ってようやくそれが一段落し、少しだけ佳人に余裕ができた。本格的な事業開始は再来月の頭を予定しているが、準備は八割方終わっており、本業である遥の秘書業務に拘束されない時間のほぼすべてをそちらに費《つい》やすまでには至らなくなった。

その分、遥のことに気を回せるようになって、遅ればせながら遥が再検査を受けずに放置しているのがわかったというわけだ。

はじめはやんわりと、「えっ、まだ行ってなかったんですか。だめですよ、遥さん」と窘《たしな》めていたのだが、遥は「ああ」といかにも気のない相槌《あいづち》を打つばかりで、いっこうに埒《らち》が明かなかったため、佳人も次第にムキになってきた。

そんなおざなりな返事ではとうてい納得できない。

体力作りには余念がないし、均整の取れた筋肉質の肉体はいかにも美しく逞《たくま》しいのだが、案外遥は佳人などよりよほど風邪をひきやすい。疲労が重なると熱を出すこともままある。その上、検査結果に思わしくない数値が出ているとあっては、なにをおいてもすぐさま精密な検査を受け、本当にどこか悪いところがあるのなら早めに対処してもらわなければ、佳人は心配でたまらない。

「とにかく、病院の予約が先です」

佳人は常に持ち歩いている手帳をサッと開き、来週までの予定に目を通した。

もっと早くこうして佳人がスケジュールの調整を図るべきだった、と後悔する。プライベートな案件には違いなかったので、口出しを控え、遥に任せたのが悪かった。仕事が最優先の遥の性格は、これまで一緒にいてわかり切っていたはずだ。それを自分自身の忙しさにかまけて放置してしまい、猛烈に反省する。

「明後日の午後でしたらスケジュールを調整して二、三時間空けられます」

「おい。勝手なまねをするな」

佳人がデスクの上の電話機に手を伸ばし、オンフックボタンを押して病院の番号を押し始めた途端《とたん》、それまで書類に目を通すばかりでこちらに視線をくれようともしなかった遥が、迷惑そうな顰《しか》めっ面《つら》を向けてくる。

「行くときは俺が自分で時間を作って行く。おまえがよけいな世話を焼くな」

この二年間ほとんど見ることのなかった怖い顔つきで睨《にら》まれ、遥の本気の怒りを感じて一瞬背筋に緊張が走る。だが、佳人は呼び出し音が鳴り始めた電話を切らなかった。

三回目のコール音が鳴る前に『はい、高倉《たかくら》総合病院でございます』とオペレーターから応答があり、佳人は受話器を上げて診察の予約を入れたい旨を伝えた。

「おいっ！　聞こえなかったのか、佳人！」

遥がエグゼクティブチェアを蹴る勢いで立ち上がり、執務机を離れて大股で歩み寄ってくる。

相当腹を立てていることは、めったに出さない大声と、普段仕事中は公私の区別をつけて名字で久保《くぼ》と呼ぶところを、勢いのまま佳人と言ってしまったことから伝わってきた。

担当部署にお繋ぎします、と保留状態にされていた電話を、フックを押さえていきなりブツッと切られる。

佳人は唖然《あぜん》として受話器を耳に当てたまま、デスク前に仁王立ちになった遥を仰いだ。

再検査を受けるよう少々強引な手を打とうとしたのが、そんなに激昂《げっこう》するようなことなのか、といささか信じ難《がた》かった。

「二度とこの件で俺にかまうな」

佳人を見据える眼差《まなざ》しは心臓が縮むほど鋭く冷ややかで、有無を言わせない頑《かたく》なさがあった。

低く抑えた語調が、声を荒げたとき以上の恐ろしさを醸《かも》し出す。

ああ、これは……この目つき、顔つきは、出会った頃の遥が見せていたものと同じだ。

久しく目の当たりにしていなかったが、以前の遥はこんな眼差しで、態度で、佳人に対していたのだった。

思い出し、当時のままならない心境が胸の内を過《よぎ》って、佳人はもう何も言えなくなった。

遥の体が心配だから病院に行ってほしい。六月に診断結果が出たとき、遥は微《かす》かに眉を顰《ひそ》め、いかにも煩《わずら》わしげに「たまたま出た数値だ。俺はどこも悪くない」と言い切ったが、それならそれを再検査ではっきりさせて、佳人を安心させてほしい。そう望むのは佳人のわがままなのか。

指に張りついたようになっていた受話器を、のろのろとした手つきで電話機に戻す。

遥もいささかバツが悪そうにチッと小さく舌打ちした。

作業着の袖をずらして腕時計で時間を確かめ、

「少し早いが、もう出る」

とぶっきらぼうな調子で突き放すように言う。

次は、次の遥のスケジュールはなんだっただろうか。動揺が激しくて頭がうまく回らない。

「今夜の帰宅は遅くなる」

なかなか平静に戻れず、腑甲斐《ふがい》なくもぼんやりとしたままの佳人を尻目に、遥は羽織っていた作業着を脱いでスーツの上着に替えると、さっさと社長室を出て行った。

バタン、と扉が閉まる音が佳人の心に無情に響く。

最後にかけられた言葉だけが、二人のプライベートな関係性が変わらず続いていることを感じさせてくれて、少なからず救いにはなった。

一緒に住んでいてよかったとひしひし感じるのは、まさにこういうときだ。

昔とは違う。今はお互いに胸の内をさらけ出し、たとえどれほどみっともなく滑稽《こっけい》な姿であろうとも見せ合って、築き上げてきた絆がある。

自分たちの関係はこんな些細な言い争いで瓦解《がかい》するほど柔《やわ》ではないはずだ。信じている。

それでも気の重さは佳人の内に残り続け、就業後、黒澤《くろさわ》運送を出てからも憂鬱《ゆううつ》なままだった。

急いで家に帰ったところで遥は夜更けまで戻りそうにない。午後四時から消費者金融業の持ち会社『プレステージ』で移転に関する打ち合わせをしたあと、重役たちと飲みに行くつもりだろう。遥のことだから、意地でも早くは帰らないのではないかと予測する。帰ったところで、佳人を無視し、一人で風呂に入り、ベッドでも佳人に背中を向けて身を離して寝るのだ。

以前、口論になるたび遥が取った態度を思い出し、佳人はふっと重苦しく溜息をつく。

こんなふうに喧嘩らしいことをするのは久しぶりだ。たまにはいいかと思う反面、やはり、気分のいいものではないと噛みしめる。自分は悪くないと意固地な気持ちで反芻《はんすう》した端から、それでももう少しやりようがあったのではないか、言い方がまずかったのではないか、と後悔する。

遥もたいがい大人げなかったと思うが、自分も似たようなものだ。

今夜のうちに謝るべき点は謝って、明日まで凝《しこ》りを残して持ち越さないようにしよう。素直になれなかった過去を振り返り、不毛で居心地の悪い時間は極力減らすべきだと学んだことを鑑《かんが》みて決意する。

その前に少し気持ちを落ち着かせておくべく、佳人は真っ直ぐ家に帰るのをやめた。

金魚を観に行こう。ふと、そう思いついたのだ。

先月初めに何気なく手にしたチラシが脳裡《のうり》に浮かんだ。それに、生きた金魚を使った作品を展示するアートイベントの案内が載っていた。場所は日本橋《にほんばし》、地下鉄を乗り継いで行けばすぐだ。商業施設ビル内にあるホールで開催されていて、午後十一時半までというのも珍しいと、つい今朝も遥と話題にしたばかりだった。出勤途中、車窓越しに目にした夏祭りフェアの幟《のぼり》から、話が膨らんで子供の頃金魚掬《すく》いをしたことがあるとかないとかになり、そういえば、と遥が何気なくこのイベントの件にも触れたのだ。

もしかすると、遥も時間が許せば観に行きたいと思っているのかもしれない。

開催期間は結構長く、先月半ばから始まって来月二十日過ぎまでやっているようだ。今夜佳人が観て、これはぜひ遥にも観てほしいと思ったら、もう一度一緒に来ればいい。たまには自分からも遥を誘ってみようと心に決めた。

平日の夜なので、予想通り会社帰りのOLやサラリーマンで場内は大変混雑していた。

照明を絞って暗くされた中を順路に従って進んでいくと、縦長の空間にクリスタル製のガラス鉢がいくつも置かれた展示場にまず行き当たる。

展示台に飾られたガラスの鉢、すなわち水槽は、丈の短い円筒形のものを二つ重ねた格好のものが多く、内側の水槽にギリギリまで水を張り、外側の水槽に溢《あふ》れた水が落ちる仕組みになっていた。

幻想的な雰囲気を高めるカクテルライトに照らされた中、一つの水槽につき数匹の金魚が悠然《ゆうぜん》と鰭《ひれ》をはためかせている。

先を急ぐ必要はまったくなかったので、人が自分の前からいなくなるまで待って、一槽一槽丁寧に眺めていく。

金魚にはあまり詳しくないが、昔、香西《こうざい》が趣味の一環で飼っていた蘭鋳《らんちゅう》は知っている。

ここでは様々な種類の金魚が展示され、泳ぎ回ったりたゆたったりしているが、中でも蘭鋳は格別に美しく、また愛嬌《あいきょう》に溢れていた。丸く短いずんぐりとした体型に、頭からエラまで肉粒で覆われた特徴的なスタイルを、最初に見たとき佳人は正直醜《みにく》いと感じたものだ。しかし、不思議なもので、この金魚の王様と称される蘭鋳は眺めていればいるほど味わい深く、可愛く思えてきた。今夜久々に見て、率直に綺麗だと感嘆した。背びれがなく、尾びれもまた太く短いところが、なんともいえず愛らしい。

円筒形の水槽以外にも、壁に塡《は》め込まれた水槽がいくつもある。水族館でよく目にする大きなものや、小さめの円形のもの。それぞれに異なる種類や色の金魚が展示されている。

水族館と違うのは、水槽そのものがまず芸術作品であり、中で泳ぐ金魚が生きたアートである点だ。見せ方も様々で、万華鏡《まんげきょう》を通して金魚が通過するたびに華麗な色と形の乱舞を見せるものや、ライティングで水槽全体を赤や青、黄色や緑といったふうに変化させるものなどがあった。

途中、スタッフがクーラーボックスを積んだ台車を押して奥へ運ぶところに行き合わせた。

午後七時からはナイトスタイルになるようで、縦長の展示場を抜けて先に行くと、広々としたスペースに出て、こちらの一角に立ち飲みスタイルのバーコーナーが用意されていた。見たところ、売られているのは外国製の瓶ビールやラムネなどだ。カクテルバーもあるとのことで、それはまた別の場所になるようだ。

この広い展示場がメイン会場らしく、大がかりでよりアーティスティックな作品がぱっと目に飛び込んでくる。

周囲に階段状にひな壇を設《もう》け、来場者が上り下りできるようにされた中、縦長の巨大な水槽を積んだり並べたりして組み合わせ、無数の金魚を泳がせているもの。通常の何倍もある大きさの金魚鉢を大小十あまり立体的に配し、一つの作品にしたもの。千匹もの金魚を入れた超巨大な金魚鉢など、絢爛《けんらん》豪華な展示品が場内を圧倒している。

金魚もこんなふうに見せられると、なにか別の幻想的な生きもののように思えてくる。

水で涼を感じさせ、赤や白や黒、そして金などの色を纏《まと》った、鑑賞用に作り出された金魚たちに美を演出させる。粋《いき》と言えば粋だが、その人工的な在り方が佳人には少し哀しい気もした。

人間の手が加わらなければ、金魚というのはこの世になく、元々自然界にはなかったものなのだと思うと、とても儚《はかな》いもののように感じられる。

提灯《ちょうちん》を模《も》したと思《おぼ》しき多面体の、これまた巨大な水槽の前に佇《たたず》み、鮮やかな色合いの金魚たちが戯《たわむ》れる様を飽きずに眺めていると、いきなり背後から肩を摑まれた。

ギョッとして、反射的にバッと振り返る。

「えっ……遥さん……！」

どうして、と佳人は目を大きく瞠《みは》ったまま茫然《ぼうぜん》と遥の顔を凝視する。

「の、飲み会に行かれたんじゃなかったんですか……」

「気が変わった」

遥は短く答え、一歩前に踏み出してきて佳人と肩を並べた。

並ぶと遥との身長差八センチが、佳人に深い安堵《あんど》と落ち着きをもたらす。

遥の傍《かたわ》ら——やはりここが一番佳人にとって居心地のいい、安心して寛げる場所だ。他では決して代えの利かない、唯一の立ち位置だとしみじみ感じ入る。

「おれがここに来ているって、わかって来たわけじゃないんですよね？」

昼間口論して気まずい雰囲気になっていたことを意識しつつ、遠慮がちに質問する佳人に対し、遥のほうは何事もなかったかのごとく落ち着き払っている。

「ああ。むろん知りはしなかった」

なら偶然来合わせたということか。それもまたにわかには信じ難く、不思議な気分だった。

「知らなかったが、きっとここにいるんじゃないかという気がして、入ったときからおまえの姿を捜していた」

さらに遥はそう続け、佳人を少し意外な気持ちにさせた。

こんなふうに遥が自分から事情を話すことは稀《まれ》だ。たいていの場合、言外に察しろ、という雰囲気をちらつかせるだけで、いちいち言葉にしたがらない。

ああ、やはり遥も昼間のことを気にしているんだな、と感じ取り、佳人は自然と口元を緩めていた。こういうところは相変わらずだと思う。遥も佳人と同じくらいか、ともすれば佳人以上に不器用だ。そこがもう無性に愛しい。

「朝、この展示イベントの話をちらっとしたでしょう」

「した」

だから佳人はここに来たし、遥もそうではないかと推測したのだ。

佳人は遥の端麗な横顔をじっと見つめ、納得する。

「見るのは水槽の中の珍しい金魚にしておけ。そのためにこんなところまで来たんだろう」

あまりにも佳人が熱っぽい視線を向けるせいか、遥は眉根を寄せて迷惑そうに言う。本当は照れくさいのを隠すためだ。僅《わず》かに色を濃くした耳朶《みみたぶ》でわかる。

「ええ。でも、今はおれは高頭丹頂《こうとうたんちょう》より水泡眼《すいほうがん》より茶金花房《ちゃきんはなふさ》より、遥さんを見ていたいんです」

「……」

佳人の率直な発言に、さすがの遥も咄嗟《とっさ》に返す言葉が見つからなかったようだ。

ジロッと横目で佳人を流し見て、案外長い睫毛《まつげ》を伏せる。

ふっ、とついた溜息には、どこか満ち足りたような、歓喜を含んでいるような気がした。

「向こうにバーがあるようだから一杯飲んでいくか」

ポンと軽く背中を叩いて佳人を促すと、遥は先に立って歩きだす。

人混みを縫って進む遥の後に、佳人は見失わないようについていく。

シェイカーを振ってカクテルを作ってくれる、結構本格的なバーカウンターが、出口へと続く通路の手前にあった。

そこで再び肩を並べたとき、遥がおもむろに言った。

「明日もう一度病院に電話をしてくれ。木曜日の午後予約が取れるようなら、その日でいい」

どうやら遥は遥なりに昼間の口喧嘩を悪かったと思っていたようだ。

「はい」

佳人は簡潔に答えると、バーテンダーから受け取ったギムレットのグラスを遥に一つ渡し、

「遥さんの健康に」

と心の底から願いを込めて乾杯した。

遥も神妙に頷き、カチリと軽くグラスを触れさせてきた。

後日、再検査の結果、遥の体に問題なしとの診断を得て、佳人は胸を撫で下ろしたのだった。

あとがき

　このたびは「夜天の情事」を手に取っていただきましてありがとうございます。

　情熱シリーズの短編ばかりを集めた番外編集です。ムービック版で発行していただいたときには、そのときの書き下ろしである表題作以外、初出は同人誌、という作品ばかりでした。

　商業本の番外編を同人誌として執筆、発行することはよくあるのですが、それを集めて一冊の商業本に再録していただく、という機会はあまりないように思います。本著はそのあまりない機会に恵まれた、大変幸運な本だと私自身思い、なにより支えてくださっている読者の皆様に心から感謝しております。本当に、ありがとうございます。

　ビーボーイノベルズとして出し直していただくことになりまして、新たにまた再録を二編、そして、書き下ろしを一編、どれも短い話ではありますが、収録していただいております。

　再録二編はドラマCDのブックレット用に執筆したもので、それぞれ「情熱のゆくえ」「情熱の飛沫」本編の直後を描いた話になっています。CD自体がかなり前に制作していただいたものですので、現在入手するのはちょっと難しくなっているかなと思われ、今回の出し直しを機に入れていただきました。

　書き下ろしはシリーズ最新作「たゆまぬ絆 －涼風－」と重なる時間軸の中でのお話です。

　今やすっかりお互いを理解し合って、事件さえ起きなければいたって穏やかな日々を送っている遥と佳人ですが、まったく喧嘩をしないということもないだろうと思い、それをテーマにしようと考えました。ですが、この二人、出会った当初はあんなに意地を張り合い、口論し合い、ろくに口も利かずに一つ屋根の下で暮らしていたくせに、二年半近く経つと、半日も仲違いしてなさそうな感じに関係ができあがってしまっている気がして、いざ執筆となったとき喧嘩の原因をどうするのか、大変困りました。

結局どうしたのかは、読んで確かめていただけますと幸いです。

出し直しにあたりまして、イラストは円陣闇丸先生に当時描いていただいたものを本著でもまた使わせていただきました。再録をご快諾くださいましてありがとうございます。円陣先生とはシリーズを通してもう十年以上という結構長いお付き合いになってきましたが、完結まであと少し、ご一緒願えますと幸いです。どうぞよろしくお願いいたします。

読者の皆様には、また本著を読まれましてのご意見や感想等、ぜひお聞かせくださいませ。いつもありがたく、嬉しく、拝読しております。

文末になりましたが、本著の制作にご尽力くださいましたスタッフの皆様にも厚く御礼申し上げます。いつも的確なアドバイスをいただき、感謝しております。今後ともよろしくご指導くださいませ。

それでは、また次の本でお目にかかれますように。

遠野春日拝

◆初出一覧◆

夜天の情事　／「夜天の情事」('07年10月株式会社ムービック)掲載

Repose　／ドラマCD「情熱のゆくえ」ブックレット
('04年9月株式会社ムービック）掲載

海辺にて　／ドラマCD「情熱の飛沫《しずく》」ブックレット
('06年6月株式会社ムービック）掲載

金魚の舞う夜　／書き下ろし

ビーボーイノベルズをお買い上げ
いただきありがとうございます。
この本を読んでのご意見・ご感想
をお待ちしております。

〒162-0825 東京都新宿区神楽坂6-46
ローベル神楽坂ビル4階
リブレ出版㈱内 編集部

リブレ出版WEBサイトでアンケートを受け付けております。
サイトにアクセスし、TOPページの「アンケート」から該当アンケートを選択してください。
ご協力をお待ちしております。

リブレ出版WEBサイト　http://www.libre-pub.co.jp

BBN B•BOY NOVELS

夜天の情事

2013年10月20日　第1刷発行

著　者――遠野春日

発行者――太田歳子

発行所――株式会社リブレ出版
〒162-0825
東京都新宿区神楽坂6-46ローベル神楽坂ビル
営業　電話03(3235)7405　FAX03(3235)0342
編集　電話03(3235)0317

印刷所――株式会社光邦

Printed in Japan
ISBN 978-4-7997-1386-0